晨讀10分鐘

［中學生］

啟蒙人生故事集

何琦瑜・選編

尋找與發現

典範與態度

晨讀10分鐘
啟蒙人生故事集

成長與超越

〔選編人的話〕

尋找暗室裡的光

■親子天下執行長　何琦瑜

二〇一二年初，「十二年國教」這個關鍵字掀起了整個社會對於教育、學習的討論與擔憂。媒體上總是刊載著各種憂心忡忡、又相互矛盾的說法。這些說法們大體可以這樣分類：有些人擔心若是沒有考試下一代競爭力就要淪喪了；但另一些人卻又義憤填膺的說，再這樣考下去我們的孩子才要完蛋了……。

這真是一個好關心「考試」的國度啊！如果沒有考試，彷彿關乎學校和學習的一切意義都喪失了。真的是這樣嗎？

談起教育，成人們很習慣訴說「該教些什麼」，總覺得孩子需要被「餵養」。他們該學英文、鋼琴、電腦，他們該要有品格力、挫折忍受力、生活力……。成人們總是正義凜然的安排孩子們的一切需要；彷彿孩子們是一無所知的白紙。

我們很少探索受教者的心靈，從學習者的角度，探討什麼樣的教育、教學、教師，什麼樣的環境、課程、內容，或是學校之外的、家庭的教養……，能激發受教者的學習動機，像在暗室中看見光，誘發他一生主動追尋知識的嚮往，啟動他熱衷學習的引擎、奠立他的價值觀、責任感與正向的自我認識。

於是在二〇一二年初，我在《親子天下》雜誌企劃了「一〇一個改變人生的學習經驗」的專題，透過採訪、邀稿、編譯或書摘，蒐集了一〇一個人物的學習歷程與故事。我特別想跟讀者分享的，其實不是「成功者的典範」，雖然這一〇一個「人物樣本」，的確多數是在各行各業有自己的位置和成就，但我一點都不想鼓吹「照這樣做就可以成功」的通俗價值。

我真心希望透過這次的探索，能夠讓更多讀者看見學習者的多元樣貌。讓教育的改變，允許更多元的空間和可能。這次的專題，像是我私心規劃的一個小型的「田野調查」，一〇一個人物，有一〇一種長大的歷程、一〇一種學習的方式。人生的養分不必然從成人所規劃的、理所當然的途徑而來。他們或許犯過錯、繞過路，但最終生命的樣貌，多數是因應著內在的呼召，而不是外在的期許（或壓力）形成。

關於「學習」，我們所談論的也不只是「學科知識」或「專業技能」；而是廣泛的、作為一個人應有的基本素質，得以自我實現的關鍵能力與態度。

專刊出版後，受到極大的迴響。意外的是，《親子天下》原本是給家長、老師等關心教育的成人們所讀的雜誌，但這「一〇一個故事」，卻讓我們接觸到許多少年讀者：或許是爸爸媽媽分享給孩子，或是老師分享給同學。甚至有好多中學拿這本雜誌作為少年們的暑假作業，讓我收到許多中學讀者的認同和「讀後心得」。

也因此，許多讀者希望我們能夠將這本雜誌的內容，轉化為可以分享給少年的出版讀物，得以保存、分享、流傳。這本《晨讀10分鐘：啟蒙人生故事集》，就是回應讀者的需求，選編出《親子天下》一〇一個人物故事的精華版。

找到「人生的開關」

根據英國的研究，這一代孩子們未來的工作，有六成還沒有被「發明」。換句話說，成人們自以為是的規劃或積極安排，將有極高的比率會走錯方向，或「無效投資」。如果少年們無法找到自己人生的「召喚」（calling）與熱情，無法找出「考試」之外的學習意義，那麼在面對十二年國教的「大免試」時代，以及沒有「考試」卻充滿「考驗」的多變未來，將會倉皇失措、悵然若有所失。

學習找到「目的與意義」，建構自己人生的「導航系統」，是少年時期非常重要的發展。透過真實的人物故事，閱讀這些人物的成長歷程，看他們如何找到「人生的開關」，對少年讀者來說，是極為有意義的探索。

不論知識或價值、態度或動機，在學習與建構的歷程中，都有三個非常重要的關鍵字：engage（參與、投入、主導學習的過程）、interest（發現學習的樂趣）、confidence（建立學習的自信）。

這本書收錄的啟蒙故事中，都能找到這三個關鍵字的軌跡。

例如，寫了超過四十本書、得過好多獎的童書作家、小學老師王文華，曾經白天在工廠作工，晚上讀高職夜校。學校裡沒有師長看得起他們，他們也放棄了自己。直到一位年輕的國文老師「發現」了他，對他有所要求，在每一次作文後與他「課後詳談」，他對十七歲的王文華說：「你的能力，不只在這裡」。期許啟發了鬥志，改變了王文華的一生。

許多故事裡的好老師，給孩子自信的踏腳石，讓他們勇敢，幫助他們往前跨步。

又如，拿到義大利波隆納插畫展新人首獎的鄒駿昇是個有學習障礙的孩子，他那雙只看得懂圖形的眼睛，看不懂數學的邏輯。一個功課不好品行不差的孩子，如同隱形人般的游離在學校的外圍角落。還好是一個畫圖比賽讓他被「看見」，因為被看見，所以有了努力的方向，在父母阻擋的狀況下，他曲曲折折，繞了一大圈，還是去了英國最好的皇家藝術學院讀完了碩士，走向藝術家的道路。

當有了興趣與熱情，不需要任何外在誘因，再辛苦，也沒有人能阻擋他的學習之路。

還有許多受訪者的「學習成功關鍵」，來自有餘裕發呆和玩樂的童年。跟在媽媽身邊賣菜的沈芯菱，在菜市場裡學會了同理和滿足；和碩董事長童子賢，在花蓮後山長大，愛玩的爸爸是第一個讓他感受學習趣味的老師。帶著他們觀察大自然、在雨中聽雷聲和閃電，理解光速和音速的差別……，讓他從小就因為好玩，對所有知識都充滿好奇和學習的欲望。

真實的人生，當然不總是理所當然的如此勵志、如此一步到位。於是我們也看見這些故事裡不愉快的記憶：出版人顏擇雅，遇見變態卻能激勵閱讀的老師，那段異於常人的白色恐怖經驗，讓一個十二歲的女孩就能理解人性的複雜；人權律師賴芳玉，在學校裡看見勢利的本質，累積的憤怒和不平等，促使她成為一個為弱勢爭取權益的律師。他們的故事讓我看見，有時候，看似負面的傷痕，也能成為深刻的力量。

希望這些真實的人物故事，能陪伴、激勵我們的少年讀者，看見暗室裡的光，找到指引人生的羅盤。

王陳彩霞
我要裁剪自己的人生

學徒過程中，我一直想著怎麼樣能學得更好。這樣的想法深深影響接下來的人生，也造就我的人生哲學，不能安於現狀，應該去找更好、更快的方法。

我要裁剪自己的人生

王陳彩霞／夏姿服飾設計總監、創辦人

服裝設計是第二選擇，其實，我最想念書。

可是生在一個貧窮的家庭，家裡需要很多幫忙，既然是老大，就要照顧其他六個弟弟妹妹，幫父母挑起一切重擔。

我從懂事就知道，應該為家裡做事。

媽媽是個任勞任怨的人，不忍心她這麼操勞，我七歲就開始洗全家的衣服。

以前養豬，一大早起來要把番薯葉剁一剁，煮給豬吃，大灶生火，吹得整個臉都是黑的。上學前，還要把晒穀用的大院子掃好了，才能走。

北斗鎮螺陽國小，是我唯一念過的學校。前五年我都保持前三名，可是畢業時是第五名。

因為六年級下學期，爸爸和一個妹妹病得很厲害，媽媽大著肚子，整個家非常混亂。家裡人就跟老師說，因為家庭因素，我一天只能上一、兩節課。

那時候，騎著鄉下人說是雙臺鐵馬的大腳踏車，去送貨，一包米兩斗，載四包，載的貨比我人還大。去到客人家，找到米甕，旁邊不遠就是他們的尿桶。你要把甕裡的泥土、舊米弄出來，新米一包包倒下去，舊米才放在上面。

送完貨去上課，可能是早上，也可能已經下午。有時候站在教室外，想著要不要進去，如果進去，同學都會用異樣的眼光看我。

我的一生只有這樣嗎？

顧雜貨店的時候，常常看到村子裡最有錢、田地最多的夫婦。一大早，夫妻倆戴著斗笠，騎單車去田裡工作，十一點多回來吃中飯，下午兩點又去，黃昏再回來。

我看著他們，心想，待在這裡頂多嫁到地主家，也不過每天這樣來來回回，我的一生只有這樣嗎？應該不是吧！

那一年我十六歲，決定離家。反正要過不一樣的人生，也不用跟誰商量。收一收行李，鄉下晚一點也不會有人看到，更沒人替我安排，就自己出發去找舅舅。

舅舅是裁縫師傅，在臺中開服飾訂做店，偶爾會做一、兩件衣服送給媽媽。那是西服上衣加兩片裙的套裝，當時我才國小，覺得這衣服好漂亮。

沒有念書就必須學一技之長，很多朋友選擇去餐廳或學做頭髮。我不善溝通，不喜歡跟顧客互動，喜歡靜靜研究一件東西，把材料雕成漂亮的產品，所以我選擇做衣服。

從前做學徒要交學費、伙食費，我沒錢交，就做雜工來抵。

那時候舅舅的學徒有一、二十個，都住在店裡，每個人有一個榻榻米大小的地方睡覺。我早上起床先去洗衣服，然後做早餐，等大家吃飽了，就趕快收拾、洗碗、整理廚房，反正三餐都要做這些工作，雜事做完才趕快去學做衣服。

做衣服，從簡單的兩片裙、上衣、洋裝，到最困難的外套，是有進階的。有的人光是兩片裙就做了很久，有的人很快就做得很漂亮，看你多笨就學多久。

剛開始常常做壞、常常被罵，有的人做不下去就走了，可是我沒有退路，一定要學好才行。那時候很會哭，後來我都不太掉眼淚，因為已經流乾了。

向最厲害的人學一身功夫

我想，應該不是只能這樣慢慢磨，有什麼方法可以學得更好？那時候大家做好衣服掛出來，我就會去看，誰做得最好看，然後去找最會做的人學。

以前裁縫師男的比較多，他們已經三十幾歲，都很厲害。我觀察每個師傅的優點，一定要跟最會做那一項的人，去學你想要的東西，做出來的衣服才會更好。

跟裁縫師傅學，要嘴很甜，表現得很尊敬、很拜託。以前學做西裝的袖子很難，我就說：「我這個袖子永遠都上不好，你做得很好看，可不可以教我？」他們通常都願意教，很快我就學會了。

如果這個人脾氣不好，就想盡辦法知道他喜歡什麼，儘量配合，像是幫他端個茶。其實就算被罵一下又有什麼關係，他肯教才重要，一旦學會就是一生的功夫。

學裁縫一年多快兩年的時候，常常覺得好像不是只是這樣做衣服，想用新的方法改變學到的，可是還沒改變成功前，我就是一個製造麻煩的學徒。

記得學會做衣服之後，開始學打版，學打版的第七天，舅舅教我怎麼剪衣服，我覺得他的方法好像不大對，就自己改了方法。

他發現了很生氣的說：「只學了七天，你以為你很厲害了，把我的方法都改掉，」我說，這樣打起來版子才會更漂亮，更不一樣。

他還是很生氣，就把打版用的尺用力一丟，說：「你自己去了，不管你了！」還好過了幾天，我不懂的地方，他還是會教我。

學徒過程中，我一直想著怎麼樣能學得更好。這樣的想法深深影響接下來的人生，也造就我的人生哲學：「不能安於現狀，應該去找更好、更快的方法。」

◎採訪整理．陳慧婷／摘錄自《親子天下》第三十一期

啟蒙人物故事館
王陳彩霞

人物看板　王陳彩霞

出生在清水鄉下的王陳彩霞，因為家境困苦，很早失學。由於她對服裝的熱愛，從基礎裁縫做起，雖從未受過正統服裝設計教育，但憑藉熱忱與務實的學習態度，逐步累積實力並摸索出獨創之風格。一九八七年成立夏姿，專事於設計與生產高級女裝，至今已成為擁有高級女裝、高級男裝、高級配件以及高級家飾品的綜合精品，在全球服裝設計界占有重要的一席之地。

焦點報導

★一九九八年獲法國費加洛仕女雜誌專題評選為臺灣九位傑出女性之一，同年亦獲選為年度菁鑽大章。

★二〇〇一年十月正式成立巴黎門市，成為第一個進駐歐洲之臺灣時尚品牌。

★亞洲華爾街日報（The Asian Wall Street Journal）評選夏姿為值得矚目之品牌。

他／她的學習密碼

「我觀察每個師傅的優點，一定要跟最會做那一項的人去學你想要的東西。」

「就算被罵一下又有什麼關係，他肯教才重要，一旦學會就是一生的功夫」

「不能安於現狀，應該去找更好、更快的方法。」

故事延長線

★「服裝設計是第二選擇，其實，我最想念書。」你的第一選擇是什麼？

★ 王陳彩霞十六歲就離家，她說：「沒有念書就必須學一技之長。」你同意她的看法嗎？

★ 對於學習，王陳彩霞總是不斷的調整自己的步調，不斷的思考有什麼方法可以學得更好。在你的學習上，也有需要調整的地方嗎？你會怎麼做？

呂紹嘉

那一夜，代班找回的音樂我

我總是一邊假裝在用功念書，另一邊的心，其實在聽他們合奏。就好像有一個真正喜歡音樂、內在的我，另一個是懵懵懂懂要好好念書、考上臺大醫學院外在的我，兩個「我」還有距離。

那一夜，代班找回的音樂我

呂紹嘉／現任國家交響樂團音樂總監

我是個自覺比較晚的人。爸爸是竹東鄉下的醫生，受日式教育，很嚮往歐洲藝術，但自己沒有學習環境。所以我家五個小孩從小就學樂器，父母給最好的樂器、最好的老師，並沒有一定要我們當音樂家，但告訴我們「學什麼就要學好」。

在聯考與音樂中自我對抗

我的音樂性很強，對音樂的感受是本能的。爸爸蒐集很多古典音樂唱片（日式軟膠唱片），我從小就喜歡聽，基本名曲都聽得很熟了。四歲還不識字的時候，我就知道哪張第幾首是什麼曲子。

一開始學鋼琴，老師就說我有天分。我那時很貪玩，把每天不到一小時的練琴看成是功課，並不特別勤奮。媽媽負責督促，但我也有叛逆期，小六時就不想練琴，所以初一、高三都荒廢過。但離開音樂遠了，心裡會有一種聲音告訴你，你需要什麼。建中高三那年很苦悶，我對音樂有飢渴的感覺。

我永遠不會忘記一場「華興交響樂團」的音樂會。我哥哥和弟弟分別擔任第一、第二小提琴手，他們把要演出的譜帶回家來練習，過程中我可以感染到他們的興奮。但那時正處課業繁重的高三，我總是一邊假裝在用功念書，另一邊的心，其實在聽他們合奏。就好像有一個真正喜歡音樂、內在的我，另一個是懵懵懂懂要好好念書、考上臺大醫學院外在的我，兩個「我」還有距離。

那天他們演奏的曲目我也不會忘記，有莫札特的〈費加洛的婚禮〉、海頓的〈倫敦交響曲〉、葛利格〈鋼琴協奏曲〉，指揮是陳秋盛。那是我第一次看他指揮，好像很熱鬧的大型聚會，藉著音樂表達很強的節慶感。我坐在下面覺得好羨慕、好讚嘆，但還沒覺得可以成為裡面的一員。

直到進大學，兩個「我」才逐漸連在一起。念臺大心理系並不是我的志願，只因為沒考上醫學院。但心理系有很包容的環境和朋友，是我的棲身之處。我的觸角伸出去參加各種音樂性社團，漸漸知道我要學音樂，但也知道要當鋼琴獨奏家為時已晚。大一時替一位拉小提琴的朋友伴奏，市立交響樂團的指揮陳秋盛看到就說，我可以當指揮。我想「怎麼可能」？我對指揮的印象是能言善道的漂亮女生在那裡比手畫腳。而我很害羞，從小到大當合唱團的伴奏，也很滿足於躲在鋼琴後面。

那天晚上我知道我要做指揮

直到大三，臺大合唱團的指揮要我幫忙代班，我還用「我不會啊」來拒絕。但大家給我信心和慫恿，我想就準備一下。那些曲子我很熟悉，所以生平第一次，我的手就跟著唱片比了幾下，越比越高興。雖然我不會，但好像進到另外的一個世界。後來想休息一下，一看錶才知道已經過了三個小時！那次經驗讓我感覺，指揮好像跟我原來想的不一樣。

我準備得很好。排練時第一個音下去，大家都在笑，那是善意的笑。大概我的動作真的非常奇怪，但大家都很合作，從第一聲笑聲，慢慢漸入佳境，到後來全神貫注看著我的手。

兩小時練完後是個大成功，我想我有音樂感，有中心思想，大家覺得可以信賴我。那天晚上我知道我要做指揮，就去找陳秋盛。

雖然那時我還沒有技術，但陳秋盛看出我有底子，對我是全然的信任，沒有漸進放手，就說：「明天樂團讓你指揮。」但我因為不敢，還逃了好幾次。

從心理轉攻音樂，到後來擔任指揮，不是從今天到明天的大改變、大冒險，對我來說都是水到渠成。

◎採訪整理．賓靜蓀／摘錄自《親子天下》第三十一期

啟蒙人物故事館 呂紹嘉

人物看板　呂紹嘉

雖然從小學習鋼琴，但大學時期念的卻是心理學。後來跟隨臺北市立交響樂團團長陳秋盛學習指揮，之後出國深造，一九九一年畢業於維也納音樂院。在歐洲，陸續贏得多項國際指揮大賽首獎。接任漢諾威國家歌劇院指揮時，更在短短一個樂季中，將樂團水準提升至全德國第二，他也被德國知名雜誌評選為「年度最佳指揮」，是享譽國際的知名指揮家。

焦點報導

★ 榮獲法國貝桑頌（1991）、義大利佩卓地（1991）和荷蘭孔德拉辛（1994）三大國際指揮大賽首獎。

★ 二〇〇四年獲頒德國 Peter Cornelius 獎章。

★ 曾是德國漢諾威國家歌劇院成立三百多年來，唯一非德裔的藝術總監。

他／她的學習密碼

「離開音樂遠了，心裡會有一種聲音告訴你，你需要什麼。」

「大學時我的觸角伸出去參加各種音樂性社團，漸漸知道我要學音樂。」

「從心理轉攻音樂，到後來擔任指揮，不是從今天到明天的大改變、大冒險，對我來說都是水到渠成」

故事延長線

★ 呂紹嘉會走上音樂之路，對他來說是水到渠成，你能說說這句話的含意嗎？

★ 你是否也跟呂紹嘉一樣，曾經有內外兩個「我」的拉扯？內心的你，最想做什麼？

★「學什麼就要學到最好。」呂紹嘉的父親說。現階段，你最想學習的事物是什麼？

張曼娟
我的圓桌「五」士

我常想起那次考試，全班幾乎被當光，只有我們圓桌「五」士劫後餘生，悲喜交集的心情。當時並不知道，我自己的生命，就在那一刻被澈底改變了。

我的圓桌「五」士

張曼娟／東吳大學教授、暢銷作家

當我被高中聯招狠狠淘汰，只能在私立高中與五專之間做選擇，心中早已有了明確的決定——當然去念五專啦，我再也不要考聯考了。

那時候，我只想著趕快把書念完，拿到一張畢業證書，就可以就業了。像我這種不會念書，又沒有發掘自己優點的人，做什麼工作，都只是混一口飯吃，其實沒什麼差異。而我進了五專才發現，沒了聯考的符咒，大家的日子過得太愜意了。不是舞會就是聯誼，再不然就是烤肉踏青，忙著玩，連上課都勻不出時間。學校裡三不五時就出個明星，學長姐們打扮得時髦又亮麗，益發顯得我的灰撲撲。

孤僻的我沒有舞會與聯誼，朋友也很少，只是上學、放學，規律的在自己狹小的生活裡運轉。

直到四年級的國文課，有位鄉音好重的彭老師，突然讚賞了我的作文，我的世界裂出一個口子，燦亮亮的陽光照耀進來。彭老師已經退休了才來五專任教，教到我們這一屆，已經十八年了。他的態度認真但語音含混，因為聽不懂他的鄉音，同學們雖然坐在教室裡卻都做著自己的事，如果不是因為校方的點名制度，我相信教室裡只會剩下我一個人──因為我不知道要去哪裡。

老師說我是奇葩？

那天，老師發著同學們的作文簿，我撐著下巴發獃，身後的同學突然推推我：「你的作文怎麼還沒發呀？」當我回過神，便聽見臺上的老師慎重其事的說：「接下來，這是我教書十八年來遇見的一朵奇葩，我覺得太高興了。這就是壓卷！你們知道壓卷是什麼嗎？」看見老師這麼激動，同學們少見的安靜下來，接著，我便聽見老師叫喚了我的名字。他說，我的作文是壓卷；我就是那朵奇葩。

我很羞赧的上前領取自己的作文簿，聽見一個男生問身旁的女生：「什麼是『奇葩』啊？」

那次作文，題目是和春天有關，我把它寫成一個小短篇的愛情故事。憂傷、耽美、多愁善感的少女情懷。進入五專開始，我便在作業本上寫自以為是的小說，打發那許多不知所云的課，那只是我腦袋瓜眾多故事裡的一個。

但是既然作為一個奇葩，許多國文課的問題，同學都來問我了，我只好多花點時間把那些文言文弄明白。於是，也考出了從未有過的好成績。

多年後當我自己成為老師，也常思索這個問題，彭老師為什麼會鼓勵一個根本沒在寫作文的學生呢？我寫的是小說，不是作文，他當然很清楚。為什麼他還要肯定我？給我這麼好評價呢？難道他看見的是穿越時空之後，未來的我？

到了五專五年級，不用再上國文課，我的生活頓失所依，所幸，另一個轉捩點誕生了。

那一「教」，改變人生

五年級的中國現代史來了位名士派老師，聽他上課真的很過癮。這麼多近代掌故與人物，都在他的胸腔中，信手捻來，無不引人入勝。他講得很隨性，同學們聽得很隨便，於是，期中考一結束，全班百分之九十不及格。我自己覺得準備得很認真，也只得到六十幾分。畢業在即，竟要為了這一個科目延畢嗎？

大家議論紛紛，都說老師上課雖然精采，但無法掌握他的邏輯。聽學長姐說，他的期末考題會更加刁鑽古怪，原來是聲名在外的。

這下我們都緊張起來了，四個比較好的朋友來找我：「想想辦法吧。」我捧著現代史課本，認真的讀了一遍、兩遍、三遍，突然覺得，一直在找的那條脈絡與邏輯出現了。我翻出小說寫了一半的作業本，將那些不同的年代與戰爭，人物與地名，用圖示、用條列，滿滿的寫了好幾頁。雖然夜已經深了，卻覺得異常亢奮，一點睡意也沒有。

考試前，我們五個人霸占了圖書館一張小圓桌。我攤開作業本，開始為他們講述三十幾年的民國史，從「軍閥」到「抗日」再到「剿匪」，一邊講述一邊讓他們背誦，隨時提問讓他們回答。

一個上午的時間，他們竟然心領神會，條理明晰了。那是我頭一次當老師，竟也拉開了一生的講臺歲月。

原來，「教」是學習的最佳方式，只要能教，肯定已經學習完整了。

我常想起那次考試，全班幾乎被當光，只有我們圓桌「五」士劫後餘生，悲喜交集的心情。當時並不知道，我自己的生命，就在那一刻被澈底改變了。

◎文・張曼娟／摘錄自《親子天下》第三十一期

啟蒙人物故事館 張曼娟

人物看板　張曼娟

東吳大學中文系教授，也是當代華文世界最知名的女作家之一。一九八五年出版的《海水正藍》被《中國時報》評為臺灣四十年來影響最大的十本書之一，累積銷量約五十萬本。著作經常蟬聯各大書店排行榜。一九九六年，成立了文學創作工作室「紫石作坊」，培養新生代作家。近年來更關注兒童閱讀，二〇〇五年七月創辦「張曼娟小學堂」，帶孩子進入文學的世界，快樂悠遊。

焦點報導

★出版第一本散文集《緣起不滅》，創下超過百刷的銷售紀錄，稱霸民生報每週排行榜四十七週連續排名第一的佳績。

★獲星洲日報讀者票選二〇一〇年十大最受歡迎國外作家。

★二〇一一年九月一日起接任香港光華新聞文化中心主任至二〇一二年六月底卸任。

他／她的學習密碼

「許多國文課的問題，同學都來問我了，我只好多花時間把那些文言文弄明白，於是也考出了從所未有的好成績。」

「『教』是學習的最佳方式，只要能教，肯定已經學習完整了。」

故事延長線

★ 你也曾經有過因為受到老師的鼓勵而開始喜歡學習的經驗嗎？

★ 在求學過程中，有哪個老師讓你覺得聽課很過癮？

★ 在學習上，你是否也曾經發明過很好的自我學習方式，進而提升了學習成果？

柴智屏

孤獨孩子「玩」出大舞臺

從來沒想到小時候跟電視學搞笑、學玩樂，「會玩」的能力，最後真成為我生存的專業、創新事業的基礎。

孤獨孩子「玩」出大舞臺

柴智屏／群星瑞智國際藝能有限公司董事長

打小時候起，電視就是我最好的朋友。孤獨的時候、需要陪伴的時候，打開遙控器，它就在那裡。

我是獨生女，媽媽身體不好，不太能陪我；爸爸又在外面工作，小時候最高興的，就是全家一起去看電影。

最有印象的電影是《梁山伯與祝英台》。我四歲，跟著爸爸媽媽去看。當時大街小巷都在風行，還買了黑膠唱片回家，每天聽梁祝。

那時候我家房子外有一道矮籬笆，我會站在籬笆牆邊唱梁祝的歌；鄰居跑出來看，說唱得好棒，還鼓掌。可是我很害怕，咻，就躲起來了。

小時候個性害羞、自閉，爸媽不放心我出去玩，又沒有其他兄弟姊妹，就在家裡一個人玩。唯一交流的、學習的對象就是電視。

我印象最深刻的是綜藝節目，小燕姐的「達啦哩啦啦，我是易百拉，綜藝一百！」那時候李國修、李立群和顧寶明，全部在裡面演搞笑短劇。

喜歡搞笑、歡樂，可是我爸是一板一眼的公務員，媽媽脾氣不好、很嚴肅，家裡沒有可以搞笑的對象，所以看到電視搞笑就好高興，覺得好好笑喔！

孤單童年，一人飾多角

沒節目看的時候，就自己想像。學電視短劇瞎編劇，自己內在創造兩、三個角色，假想正在跟某個人對話，有一點分裂人格，一人分飾多角。

這是獨生子女的生活，因為不喜歡孤單，就告訴自己，不行，我不會孤單，我自己會玩。隨時想著等一下可以玩什麼，創造自己玩樂的方法，填滿空白。

上學以後，開始會跟同學分享電視上看來的東西。

看完搞笑短劇，第二天就去學校演給朋友看，有時候會被叫上臺去，唱歌給大家聽。小四時還被派去參加演講、朗讀比賽，第一次參加就得了全校第一名，我自己都非常訝異。後來又陸續參加比賽，還得過全臺北縣第三名。

中學的時候，把綜藝節目裡好玩的東西跟朋友分享，大家可能覺得這傢伙滿好玩，所以選我當康樂股長。只要我當康樂股長，任何一個非體能性的比賽，我們班一定是全校第一名，像是土風舞比賽、啦啦隊比賽、民族舞蹈比賽。

我在聖心女中六年，康樂股長從第一年做到最後一年。高三那年，學校說：「對不起，你們表演就好，讓大家觀摩，不要參賽了！」因為每年都是我們班第一，別班都不想比了！我玩得很高興，可是爸媽很憂心，想著，「會玩」這件事情，可以讓我生存嗎？我能靠這個吃飯嗎？我能帶大家出去啦啦隊比賽，然後得到一個工作嗎？沒辦法吧！

媽媽希望我英文好，弄了很多家庭手工回來，很辛苦的做到天亮，供我念私立聖心女中，我好的科目也只有英文跟中文，其他沒一樣好。

我也想過用功讀書，可是坐在書桌前，就是讀不懂。黃河在什麼山的北邊還南邊，搞不清楚；考複選更慘，有哪幾種礦產、哪幾種農產，永遠記不住。

大學聯考落榜，我爸把我叫來，一把眼淚、一把鼻涕，他是那種心腸很軟的公務員，說：「你啊，功課不好，沒有專業能力，也沒有一技之長，該怎麼辦啊？這樣好了，送你去工廠當女工好了，」我嚇到說：「再給我一年機會，我一定會考上大學。」

那時候大學聯考錄取率只有二〇％，我的成績剛好在錄取邊緣，運氣好一點可能考上後面的學校，運氣不好就掉出去了。

愛玩，把戲劇系當成牙醫系念

聽同學說，有一個學科只要兩百多分就可以考上的學校，我很高興的問是什麼？他們說是文化大學戲劇系國劇組。

為了不當女工，術科是什麼，我還不太知道，就跑去考文化戲劇系國劇組。

結果，術科先考繞口令，哇！小時候參加演講、朗讀比賽，這對我來講是輕而易舉；接著，考戲劇概論、編劇。哎呀！我從小就開始看電視短劇，瞎編劇情，然後一人分飾多種角色，這真是太簡單了。

就這樣，考進了文化戲劇系國劇組。第一年，吊嗓子、壓筋，搞得我快崩潰，第二年才轉到電影戲劇組。

從此，搞笑、愛玩的本性大大得到發揮，社團、演出加排戲，玩得不亦樂乎。戲劇系也被我當成牙醫系念，六年後才拿到畢業證書。

從來沒想到小時候跟電視學搞笑、學玩樂，「會玩」的能力，最後真成為我生存的專業、創新事業的基礎。

雖然偶爾會迷惘，覺得觀眾可能不喜歡看，覺得再也想不出更新的點子。可是，只要想起電視機前可能有一個孩子，需要有人與他交流、逗他開心，我就能找回對節目最原始的熱愛，以及讓自己繼續走下去的信心。

◎採訪整理．陳慧婷／摘錄自《親子天下》第三十一期

啟蒙人物故事館 柴智屏

人物看板　柴智屏

有臺灣「偶像劇教母」之稱，曾經製作多部偶像劇，都成功創下驚人收視率。二〇〇一年根據日本漫畫改編製作的《流星花園》，更掀起一陣偶像劇旋風，成功打造了人氣偶像組合F4，為臺灣電視劇開創不同以往的戲劇路線。現任群星瑞智國際藝能有限公司董事長。

焦點報導

★製作的綜藝節目《超級星期天》，曾拿下四座金鐘獎，為臺灣電視史上獲獎最多的綜藝節目。

★製作的偶像劇《流星花園》，開啟臺灣偶像劇之先河。

★二〇〇二年曾被美國商業周刊評為「亞洲之星」。

他／她的學習密碼

「沒節目看的時候，就自己想像，學電視短劇瞎編劇。」

「只要想起電視機前可能有一個孩子，需要有人與他交流、逗他開心，我就能找回自己繼續走下去的信心。」

故事延長線

★ 你有曾經覺得孤獨的時候嗎？你怎麼排解？

★「會玩」的能力，變成柴智屏生存的專業，她所指的「會玩」是什麼意思？

★ 你有曾經覺得迷惘的時候嗎？你怎麼讓自己繼續向前走？

尋找與發現

林之晨
我，不做乖乖牌

我從小就不是一個乖乖牌，上課睡覺，老師講個笑話，我會接著起鬨，搞得全班哄堂大笑。但我爸媽都是好學生，遵循著臺灣的教育體制，一路考上了臺大醫科，接著在醫界擁有成就。所以，他們並不理解我的不乖到底是為什麼……

我，不做乖乖牌

林之晨／之初創投創辦人

我今天會放棄爸媽豐沛的醫界資源（林之晨為名醫林芳郁及林靜芸之子），白手起家自行創業，就是因為我曾遭受教育當權者的霸凌。那個經驗，讓我成了極左派，我厭惡以權力挾持他人的想法、行為。任何的企業組織，都有權力結構，所以，我沒有辦法在別人制定的遊戲規則下生存，我會想要顛覆權力。

我從小就不是一個乖乖牌，上課睡覺，老師講個笑話，我會接著起鬨，搞得全班哄堂大笑。但我爸媽都是好學生，遵循著臺灣的教育體制，一路考上了臺大醫科，接著在醫界擁有成就。所以，他們並不理解我的不乖到底是為什麼。因為我不是那麼好管教，他們擔心送我出國念書，反而會失控，就把我送進了勤管嚴教型的私立國中。

打電動是我從小的嗜好，我特別喜歡戰略及運動型遊戲。不要小看網路遊戲，必須善用策略才能過關，是一種益智型遊戲。但國中校規規定，不能出入不良場所，因此不能去網咖。有一天，我發現回家路上的便利商店裡，居然有電動玩具可以玩，就進去打電動。沒想到那麼巧，那一次被教官抓到。

不服氣的六年中學教育

教官要我寫悔過書，不然就記兩支大過，我不願意。因為校規規定：不能出入「不良場所」，可是我明明就去便利商店，那又不是不良場所。我不認錯，校方請我媽媽到校，我還是不寫悔過書。我媽一直道歉，學校才改成記兩支小過。

之後，教官就盯上我，一點小事，我就會被處罰。我常被罰站在校門口，但我不得不照做，不然有可能無法直升高中部。可是，我心裡很不服氣。教官並不想了解我在玩什麼電動玩具，我沒有為此而影響生活或課業，卻憑著一條校規（還是我沒有實質觸犯的校規），就認定我有罪。

這種教育當權者的霸凌，我遇過不只一次。有次生物課的題目是：當你吃下一公斤的麵包，你的體重會增加一公斤對不對？答案是錯。但我覺得按照質量不滅的原理，應該是對的。可是老師說質能會互換。我當下反駁，質能互換是核子反應，人體怎麼可能會進行質能互換，老師因此生氣而處罰我。

現在資訊爆炸，稍有思辨能力的小孩，不會傻傻的接受書本上的知識。一上網，世界就在眼前，想知道什麼答案，Google就有。我的知識學習，絕大部分就是從網路上而來。考上臺大化工系之後，我大一有兩科零分，兩個學期必修五十個學分，我被當了十五個學分。

在私立中學悶了六年，一考上爸媽眼中的好大學，我整個解放。也覺得人生沒有目標，每天泡在計算機室上網，我才發現，自己根本是井底之蛙。

在網路上有好多文章可以讀，而且各種領域的知識都查得到，我有疑惑就是上網查。我還玩角色連線遊戲，一下課，一夥朋友就在計算機室坐一整排玩網路遊戲。大家要分配好任務，然後一起在故事情境裡奮戰，透過網路連線遊戲，我獲得了創業夥伴。

可是大人往往視網路為毒蛇猛獸，常動用權力霸凌的方式禁止小孩接觸。我認為，這是當權者漠視被統治者的需求與渴望。在家庭教育裡，爸媽也是權力的象徵，我常和我爸辯論，但如果他講不贏我，最後就會扔下一句話：「我是你爸。」

灌香腸，還是引導思考？

像我這種小孩，充斥在現代環境裡，我知道大人會覺得很煩，有時候沒有耐心應對。但會挑戰老師、愛問問題的小孩，代表他有求知欲，那種欲望教育當權者無法壓抑。我知道一班有三十個學生，要一一應對每個孩子並不容易。但是，我很想問現在的老師，你們想灌香腸，還是教出會思考的小孩？這是身為教育者應該思考的關鍵議題，不是嗎？

我的公司很特別，空間沒有隔板，組織完全平行，想傳達的就是「知識無阻礙流動」的概念。每個人都可以制定遊戲規則、和別人討論你的想法，真理是越辯越明，我就是想示範給大人看，他們是錯的！

◎採訪整理・陳珮雯／摘錄自《親子天下》第三十一期

啟蒙人物故事館 林之晨

人物看板　林之晨

之初創投創辦人。出身於醫生家庭的林之晨，選擇了與父母不同的道路，大三時期便與同學一同創辦電腦零售網站、知識管理資訊網站，也曾經擔任過模特兒。臺大畢業後，前往紐約求學，同時也創立了旅遊社群和 3D 遊戲網站。畢業後回臺，成立之初創投。他勇於衝撞體制，擁抱新事物，為自己開創了一片天。

焦點報導

★引進矽谷創投新模式，協助創業，半年內培育出二十多家新創公司。

他／她的學習密碼

「我的知識學習，絕大部分就是從網路上而來。」

「會挑戰老師、愛問問題的小孩，代表他有求知欲。」

「每個人都可以制定遊戲規則，和別人討論你的想法，真理是越辯越明。」

故事延長線

★ 你曾經運用網路學習知識嗎？那是一個什麼樣的學習經驗？

★ 林之晨經常和父親辯論，但如果父親輸了，就會扔下一句話：「我是你爸。」這句話意味著什麼？你贊同嗎？

★ 林之晨不做乖乖牌，遇到不合理的事情，便據理力爭。你也曾勇於對抗不合理的權威嗎？

尋找與發現

蔡兆誠
從廚師到律師

短短幾個月的工作經驗，賺到人生第一份薪水，雖然不多，卻是自食其力，也了解到世界上大多數人一輩子的工作和生活方式。我逐漸體認，我已經長大可以在社會上獨立謀生，也可以選擇自己人生要走的路。

從廚師到律師

蔡兆誠／葛蘭素史克藥廠臺灣分公司法務處長

我高中念建中，高一上念自然組，高一下轉到社會組，高三又轉回自然組。轉來轉去，有時想當科學家研究自然界的真理，有時又投入哲學思索苦思人生意義，是個困惑迷惘的青澀少年。

高二投入社團編校刊，一學期大約有兩、三百節沒去上課。功課當然是荒廢了，但憑考前臨時抱佛腳，勉強應付過去。

功課荒廢的原因，除了投入社團，主要還是對學校整體教學、考試內容，產生懷疑。

建中號稱集全國精英，師資也不差，當時的教學目標和方式仍以升學為主，上課大部分在教各種題型和解題方法。那時候不像現在有很多科普雜誌或讀物，厲害的同學介紹我看《科學月刊》、《數學傳播》等雜誌，甚至找到美國高中理化教科書的中譯本來看。看過這些充滿科學探索精神的教材、刊物之後，對學校以考試為主的升學主義，愈發難以忍受。尤其各種變化多端卻脫離現實的題型，好像只是要考倒學生，而不是教育探索科學真理的方法。結果上了好幾年理化，花時間練習一大堆古怪考題，卻連保險絲也不會換！

我對未來人生方向感到徬徨，學校功課念不下去，勉強從建中自然組混畢業，只是對未來人生目標，要走理工或文法，還是一片茫然。最後，我決定暫時不要進大學，等自己想清楚再說。聯考還是照考（報考自然組），只是幾乎完全沒有念書，考卷隨便亂寫，所以一個學校也沒上。

我想，一年後聯考，要準備還早，何況我還沒決定要念什麼科系，就先去找工作。先在黑松汽水工廠的生產線當作業員。幾個月後，換工作到桃園假日飯店（那時是 Holiday Inn 的連鎖飯店）當餐廳服務生，之後又轉去當行李員。

行李員生涯

飯店在山坡上，旁邊長了很多芒草，下午兩、三點通常很少進住或退房的客人，我就穿著行李員制服，在飯店門口走來走去，思索自己的未來。

短短幾個月的工作經驗，賺到人生第一份薪水，雖然不多，卻是自食其力，也了解到世界上大多數人一輩子的工作和生活方式。我逐漸體認，我已經長大可以在社會上獨立謀生，也可以選擇自己人生要走的路。

有一天，西餐廳二廚突然問我：想不想到廚房當學徒？當學徒要三年六個月，學成後在飯店工作，月薪四、五萬，不比大學畢業生差（當時大學畢業生薪水不過兩萬多）。如果我有興趣，他可以跟大師傅說說看。我壓根兒沒想過當廚師，但聽起來是不錯的機會。我考慮了一陣子，實在不能肯定廚師就是我這輩子的工作。

我想，大部分同學都已經進大學，很多在念臺清交，我要不要也去念念看？如果不適合，還可以再回來飯店工作。只是要念什麼科系？幾個月的社會和工作經驗後，當科學家的想法已經淡了，心裡微細的社會意識萌芽。我到圖書館查了一下資料，決定讀法律或社會系。

啟動「百日維新」

於是從飯店辭職，到重慶南路書店買社會組教科書，每科再買一、兩本參考書或考古題，一共花了三千多元。我想時間有限，自己讀書的時間都不夠，不可能再去補習班。剩下一百天正式開始「百日維新」。

那麼久沒碰教科書，我擔心坐不住，所以一開始每天只念三、四個小時，時間一到就去運動。兩三個星期間逐步加到一天讀八小時，之後逐漸達到一天可以讀十小時。

其間當然很多心情起伏，懷疑自己這樣閉門造車，能考上哪裡？要不要去補習班？明年再來？我說服自己，反正就是一百天，考不上損失也不大，考上就賺到了。雖然有高低潮，但始終沒放棄，越讀越順，最後衝刺甚至一天讀十三、四個小時。

就這樣沒有太大的期望和得失心，跌跌撞撞，居然在考前把書讀完，還複習了一遍。第一天考完覺得成績應該不錯，還和同學跑去西門町看電影。

考完當天對完補習班的答案，我就知道自己上臺大了。我和準備重考的同學在一起，在他們租的房子裡發呆。他們知道我估計考上臺大，都很驚訝，也覺得很奇怪我為什麼沒有樂翻天跑去大玩特玩，卻躺在床上發呆？

對我來說，這段經驗讓我學到很多人生的道理，以及在臺灣這個考試大國應付考試的方法。不過，就像佛洛斯特（Robert Frost）的名詩〈未走之路〉（The Road Not Taken）所講的，我永遠不會知道，如果當初我決定去當廚師，我的人生是否會更有意義？更快樂？

◎文・蔡兆誠／摘錄自《親子天下》第三十一期

啟蒙人物故事館

蔡兆誠

人物看板　蔡兆誠

畢業於臺大法律系法學組，曾任臺灣人權促進會執行委員、律師全聯會律師倫理委員會主任委員，推動修正律師倫理規範。蔡兆誠長期關注人權議題，曾因擔任死刑犯的義務辯護律師，意外發現「懲治盜匪條例」——當時最重要卻也充滿爭議的特別刑法已經失效的事實，透過他的發現以及各界的奔走，終於讓該條例在二〇〇二年正式廢止。

焦點報導

★推動「法庭交叉詢問」，促進刑事訴訟之改革。

★草擬國內第一份「詰問規則（草案）」，成為日後相關草案的最主要藍本。

★發現「懲治盜匪條例」之失效事實，進而促成該條例廢止。

他／她的學習密碼

「我對未來人生方向感到徬徨，最後決定暫時不要進大學，等自己想清楚再說。」

「幾個月的工作經驗，讓我體認到我已經可以在社會上獨立謀生，也可以選擇自己人生要走的路。」

「準備考試的其間有很多心情起伏，但我說服自己，力拼這最後一百天，始終沒有放棄。」

故事延長線

★ 你對未來的自己有什麼想像？你最想做什麼？

★ 在求學的過程中，你曾經對於學校的體制、學習的方法產生懷疑嗎？主要是哪個部分？

★ 蔡兆誠對人生產生徬徨時，他給自己時間去思索，慢慢找到自己的路。你也曾經對人生感到徬徨嗎？你怎麼解決？

李佩穎

那些無數個看戲的夜晚

那無數個看戲的夜晚，我看到那些小小、不起眼的戲臺，如何在黑夜裡散發出寶石般的光芒，如此璀璨，且在我心中永不磨滅……

那些無數個看戲的夜晚

李佩穎／臺灣春風歌劇團當家小生

小時候常跟阿嬤一起吃飯配電視，阿嬤愛看歌仔戲節目，我也跟她一起看了好多年。那時也説不上喜歡歌仔戲，就是浸泡在與阿嬤一起看戲的美好時光裡。

上高中後，國文課教到〈散戲〉這一課，作者洪醒夫談的正是歌仔戲在臺灣從興盛到凋零的故事。老師知道我喜歡歌仔戲，便安排我搭配課文上臺表演。那陣子我妹看我瘋歌仔戲，成天在家排練，便在她週記上寫説：「我姊是怪人，興趣竟然是歌仔戲！」

考上大學後，一開學我就去歌仔戲社報到，反而不太認識系上同學，好像我讀的不是「臺大法律系」，而是「臺大歌仔戲」。

從小為戲痴迷

那時跟歌仔戲社的學長姐四處去看戲，我們都有自己喜歡的演員，我最喜歡的是王桂冠跟蔡美珠。

我一週常有四、五個晚上泡在臺北各大廟口，浸在歌仔戲的氛圍裡。一開始我也看不懂，可是歌仔戲這東西就是需要浸泡在裡頭，看久了就會看出門道，甚至會深深著迷。像是蔡美珠的表演，我常一看就入迷，等到回過神來，已經兩個小時過去了。

有次我看王桂冠演《鍾馗嫁妹》這齣戲，才華過人但長相醜陋的鍾馗，死後仍掛念家人，回家探望媽媽跟妹妹，假裝自己仍活著，可是後來媽媽發現鍾馗已經不在人間了。看到王桂冠的這段演出時，我在臺下哭得稀里嘩啦，一邊哭還一邊想說：我怎麼哭得這麼厲害。

那無數個看戲的夜晚，我看到那些小小、不起眼的戲臺，如何在黑夜裡散發出寶石般的光芒，如此璀璨，且在我心中永不磨滅……

後來我加入春風歌劇團，成員都非戲班子出身，我也不是。我們都只是熱愛歌仔戲的年輕人。我雖然熱愛歌仔戲，但「半吊子」的問題一直困擾我。演了幾齣戲後，我開始問自己：「我是歌仔戲演員嗎？還能繼續演嗎？要如何突破？」

全校最老的學生

帶著困惑，我申請雲門舞集「流浪者計畫」，到大陸西安學傳統戲曲秦腔。到了陝西省戲劇學校，我來到練功場，跟小朋友們一起踢腿練功，他們個個功底扎實，而我這個「全校最老的學生」，身上又有幾年來自己亂練功造成的新舊傷，就算練到氣喘吁吁，許多動作還是做不來。幾天下來渾身疼痛，連彎腰穿鞋都成了艱難的任務。

我知道自己錯過戲曲演員養成的黃金時期，但可以補強其他面向，例如揣摩人物的情感。

成果演出時，我演出秦腔傳統劇目《周仁獻嫂》裡的一折〈悔路〉。上舞臺時，我的唱腔、口白與身段都緊密進入主角周仁的身心狀態，到最後不由自主隨周仁在臺上仰天悲鳴：「天哪、天哪……娘子不去，我、我再無救嫂之策……」當我唸出這段獨白時，臺下爆出如雷掌聲，臺上的我與臺下的觀眾，都感受到「周仁」現身了。

表演時融入角色的情緒、進入「出神」狀態，我也只有過兩次經驗，沒想到在西安表演時，竟然又「出神」了。我只能說，我愛歌仔戲，歌仔戲也愛我。

◎採訪整理・楊鎮宇／摘錄自《親子天下》第三十一期

啟蒙人物故事館
李佩穎

人物看板　李佩穎

臺灣大學法律學系暨社會學系雙學士，清華大學社會學系碩士，臺北藝術大學戲劇所博士班。李佩穎從小喜歡看歌仔戲，大學時代開始，靠著自修苦練，後來加入春風劇團，成為劇團中的小生演員。曾獲得雲門流浪者計畫，前往西安學習秦腔。回臺後持續在歌仔戲的領域耕耘，期盼能為臺灣歌仔戲開創新風貌。

焦點報導

★ 主演臺灣春風歌劇團《新胡撇仔——威尼斯雙胞案》（獲選第六屆臺新藝術獎十大表演藝術節目），一人分飾東尼諾／強尼頭。

★ 主演《歌仔戲懸疑劇場——雪夜客棧殺人事件》（獲選第八屆臺新藝術獎十大表演藝術節目），飾偵探東方徹。

他／她的學習密碼

「歌仔戲這東西就是需要浸泡在裡頭，看久了就會看出門道。」

「我雖然熱愛歌仔戲，但半吊子的問題一直困擾我，我問自己要如何突破？」

「我知道自己錯過戲曲演員養成的黃金時期，但我可以用其他面向來彌補。」

故事延長線

★ 李佩穎從小愛看戲，後來自己變成演員。你也有熱愛的事物嗎？是什麼？

★ 半路出家的李佩穎，很清楚自己的極限，於是她從不同面向來彌補。你是否也曾經在某方面感覺到自己的極限？你怎麼克服？

張文亮

從教室逃走的天才

我在教育體系裡、考試的方式下，找不到對知識的喜愛，到了大學以後，再也沒有人給我壓力了，那是我重新開始的時候。從此我海闊天空，我有一個自由的空間，我不需要再去跟別人競爭。

從教室逃走的天才

張文亮／臺灣大學生物環境系統工程學系教授

我是公務人員的孩子，母親在銀行工作，父親在糖廠工作，弟妹成績都很好，但我的成績卻起伏很大。雖然我很喜歡念書，但考試往往無法呈現我努力的成果。從小我就是個問題學生，小學五年級的時候，我曾經跑到教室裡，把全班的考卷給燒了，因為我討厭這種教育的方式。還有一次老師在監考的時候，我把鋼筆打開，從他後面這樣唰一聲噴過去，把他的衣服全部噴髒了！我覺得這是上學真正有趣的地方。當然，我受到嚴重的懲罰。我爸也會打我，小五我曾被打到手心噴血，手上現在還有疤，臉上也被踢過，因為我爸媽也不知道該怎麼辦。

到了中學，我被老師修理得很厲害，後來還被開除過，因為我在教室裡喜歡問一些奇怪的問題。我問老師：「波義耳是誰？」又很想知道，安培和焦耳是誰，因為我相信他們一定是活生生的人，而且某些因素讓他們寫下這些公式。但老師要我不要再問這些問題了，因為聯考不會考，只要把公式背下來就好了。但我還是一直追問，就一直被處罰，有一次我反射性揮手擋了回去，就被當做毆打老師，後來就被學校開除了。

一個被教育界放棄的孩子

我在教室裡沒有辦法獲得滿足，我比較喜歡教室外面的世界，鳥在叫、樹葉是那麼綠、雲是那麼白，所以很容易分心。下課後我很喜歡到野外去，我的自我學習都來自野外，因為在野外，我看到不懂的事物或是我沒辦法再深入看第二次的，就會回來看書找答案。譬如「雲為什麼會是這個形狀？」「為什麼草的旁邊會有這種花朵？」「葉子跟花朵的顏色為什麼會差這麼多？」我就會去圖書館翻書。

我不一定是回來讀教科書，因為教科書通常是不太會教書的老師去編的。教科書應該有非常好的文學、非常好的音樂。教科書應該是帶著色彩的，教科書不能取代我去接觸大自然的機會。但我覺得我們的教科書往往是攔阻我們接觸大自然的機會，所以我寧願接觸課外書。

回顧我的學習歷程，我小學是一天到晚被學校毆打的，中學是被學校開除過的，高中是念夜間部的，大學是重考才勉強考上中原大學的。但是，我後來為什麼會變成臺大的教授？

這是因為我到後來，其實是一個已經被教育界放棄的孩子。我在教育體系裡、考試的方式下，找不到對知識的喜愛，到了大學以後，再也沒有人給我壓力了，那是我重新開始的時候。從此我海闊天空，我有一個自由的空間，我不需要再去跟別人競爭。

那時候我才知道，用考試去分辨學生的程度是滿低層次的。高層次的教育，只要問幾個問題就知道學生的程度。所以我們的中小學，是在培養低層次的學生，不是在培養高層次的學生，因為我們整個教育是用低層次的方法評斷學生。

我在大學的時候，也是個異類，但當時我遇到一個老師，他只收異類。這個老師是國科會科教組的組長毛松霖。他就只收幾個學生，每週一次，跟他問一些問題，無所不談。他的教材就是報紙，我們可以談政治、性行為、信仰、經濟、藝術等各種問題。我們談論的地方就是在冰果室或是校園的草地上，這個老師帶了我們四年，每個星期跟我們談一次。我覺得「冰果室裡的這一堂課」是我一生裡所受的教育，最精采的地方。

那時候我才知道，原來我不是沒有希望的。我第一次跟毛老師談話之後，他給我一個功課，要我下次講給他聽，我講給他聽之後，他就跟我說，我是個天才。我說：「我聯考都考不上，怎麼會是個天才？」

他說：「天才有四種，第一種很會記憶，考試可以考得很好。第二種很會分析，考試也可以考得很好。第三種天才，很會整合，他就『完蛋』了。第四種，他有藝術跳躍的思維，直覺類型的天才，他也會『完蛋』了。」他所謂的「完蛋」，就是指會被聯考放棄的學生，在聯考教育體制下，後面這兩種天才就「完蛋」了。所以必須想辦法讓後兩種天才不要被教育體制犧牲。

我聽完他的話，當下很感動，因為從來沒有人說我是天才，大家都說我是問題學生。我後來自己體會，我應該是屬於第三種類型的天才。

我是異類的天才？

我知道自己是個異類的天才之後，就自己開始去做整合的工作。我曾經問過毛老師要怎麼整合？他說要整合對人類文化有影響的科目。我問他是哪些科目？他說，只有三科。第一科，歷史。第二科，經濟。第三科，音樂與美術。這三門課裡選一門，就可以影響人類的文化。

因為我不太懂經濟、也不懂音樂，所以我選歷史。一個人如果懂歷史，他可以懂大學裡所有的學科。我就開始讀所有的歷史，像是講醫學的歷史、美術的歷史……只要有歷史這兩個字我統統挑出來讀，不是為了興趣，是為了使命。

在大學那段時間，我就是用六〇%的時間去讀本科系的東西，用四〇%讀課外的書，然後整合在一起。

大學我讀環境汙染，那是因為我考試分數很低，所以進到這個系。當我在讀環境汙染的時候，其實臺灣沒什麼環境汙染，等到我大學畢業的時候，臺灣的環境汙染變得很嚴重，我剛好「躬逢其盛」，接觸了很多環境汙染的議題，也排解了很多糾紛。在那段期間我幾乎走遍臺灣所有的鄉村、所有的客家莊，所以後來我可以寫關於臺灣的水、臺灣的客家莊。

在排解糾紛的過程中，我發現我的知識不夠，解決問題不是有熱情就可以了，所以就再去念環境汙染的博士學位。因為我覺得很虧欠那些受害的農漁民，他們對我有很高的期待，但是我幫不了忙。

拿到博士學位之後，我就來臺大教書。我在大學教書這麼多年的觀察發現，只要學生服你，他就會有學習動力，他就會學得好。因為在教學裡面，最重要的是師生關係，關係超過知識的傳授、品德的傳授。University（大學），原意應該是指「師生聯盟」，因為我們一生裡面遇到最好的教育都是因為我跟某個老師發生一種非常好的「師生聯盟」的關係。一個老師之所以有魅力，是因為他本身就是「老師」，他的魅力來自於他的使命感，來自於他和學生所建立的聯盟關係。

◎採訪整理・許芳菊／摘錄自《親子天下》第三十三期

啟蒙人物故事館
張文亮

人物看板　張文亮

臺灣大學生物環境系統工程學系教授，曾獲臺大優良導師獎，是臺大最受學生肯定的教授之一，他所開的課程，常常塞滿三、四百名學生。著作包括《法拉第的故事》、《誰能在馬桶上拉小提琴》、《用心點亮世界》等二十幾本書，主題橫跨科普、傳記、環境、生態多個領域，並多次獲得金鼎獎、「好書大家讀」推薦。

焦點報導

★ 寫書超過二十本，主題從科普到文史、傳記、工程、漫畫，幾乎每本書都獲獎。

★ 他所撰寫的《法拉第的故事》是最受學生歡迎的科普書籍之一。他也經常在報刊專欄發表各種主題的科普文章。

他／她的學習密碼

「我的自我學習都來自野外，因為在野外，我看到不懂的事物或是我沒辦法再深入看第二次的，就會回來看書找答案。」

「我用60%的時間去讀本科系的東西，用40%讀課外的書，然後整合在一起。」

「我在大學教書這麼多年的觀察發現，只要學生服你，他就會有學習動力，他就會學得好。」

故事延長線

★ 你喜歡閱讀課外書嗎？你怎麼調節課業與課外書的閱讀比例？

★ 張文亮因為遇見了一個了解自己的老師，更加了解自己的方向，開啟了更大的學習動機。你也曾經有過這樣的經驗嗎？

★ 張文亮喜歡在戶外探索、觀察，再回到書本上找答案。你最喜歡的學習方式是什麼？

沈芯菱
菜市場裡的流動盛宴

媽媽總是用不一樣的眼光告訴我，我的匱乏並不羞恥、骯髒、讓人排斥，我擁有更多其他人未必擁有的東西。

菜市場裡的流動盛宴

沈芯菱／青年公益家

我的家境不好，五、六歲就跟著做路邊攤生意的父母東奔西跑，沒辦法受正規教育。但是爸媽會帶著我看招牌認字，會買二手書唸給我聽，小學前我就已經會看報紙了。

我們家每天在不同的菜市場與夜市流轉，賣氣球、玩具等小孩玩意，也賣土豆、菱角等時季貨。忙的時候我就幫忙吆喝，不忙的時候，就坐在媽媽膝上，聽媽媽唸書。我到現在還記得那種貼近母親溫度與聲音的感覺，很美好。

我對小人物的同情理解，就是從那時候開始。

我在白天菜市場的腥味吵雜，晚上夜市的昏黃燈光下，看過一本又一本的二手書，身邊充斥著賣菜的、賣豬肉的各式各樣的味道。這些多數人覺得很腥很臭的地方，就是我的童年場域；就是這些味道，讓我覺得書裡面的小人物故事更真實。我常常會幻想，隔壁賣菜的阿伯，好像書裡面的主角喔！

人生價值的啟蒙

我的人生價值啟蒙也是在這段時間。來買東西的客人，很多是和我年齡相仿的小孩。他們穿得漂漂亮亮，物質不虞匱乏，我總是很羨慕，甚至會自怨自艾。

有次爸媽忙，我自己看書，有個故事，讓我至今仍印象深刻。

有一個國王生了病，醫生跟國王說，你去找個快樂的人，穿上他的鞋子，病就會好。宰相到處找、到處問，問了很多有錢人，發現有錢的人未必快樂，他們的鞋

沈芯菱與媽媽合影（黃明堂 攝）

都沒有讓國王好起來。有天宰相失意的走著，看見一個老農夫，唱著歌種著田，宰相跑去問農夫快不快樂，農夫說他很快樂。當宰相跟農夫要鞋子的時候，農夫看著自己的腳傻住了：「我根本沒有鞋子，要拿什麼借給你？」

我看完覺得好好笑，跟媽媽開玩笑，說我把鞋子脫掉就會快樂。媽媽看完故事後笑笑的跟我說了一些道理，六歲的我似懂非懂，但這些話卻一直留在心裡。

媽媽大概的意思是，這些外在的物質都很短暫，真正重要的是，我們內在住的是什麼？她總是用不一樣的眼光告訴我，我擁有很多其他人沒有的，讓我接受自己的匱乏；讓我知道我的匱乏並不是羞恥的、骯髒的、讓人排斥的；反而，我擁有更多其他人未必有的東西。

這經驗讓我學會很簡單卻困難的價值：知足。使得我日後得到電腦之後，抓緊每一個機會學習。

◎採訪整理・張瀞文／摘錄自《親子天下》第三十一期

啟蒙人物故事館
沈芯菱

焦點報導

★曾獲總統教育獎、全國傑出青年獎章、臺灣十大潛力人物等多項殊榮，並獲選為臺灣百年代表人物。

★她的故事被收錄於《世界年鑑》、《臺灣名人錄》和高中英文、國中社會、國小國文等八本教科書。

★個人自傳《100萬的願望》，獲選為教育部生命教育優良讀物、好書大家讀，為各校指定館藏之書籍。

人物看板　沈芯菱

出身貧窮家庭，父母在市場擺攤維持家計。十一歲時，藉由自學架網站，結合鄉里農戶，聯合產銷，解決農民的困境。此後開始投身公益，成為家喻戶曉的人物。沈芯菱除幫助滯銷農產品，對於弱勢學生教育、青少年藝術創作、原住民資訊落差、新臺灣移民等議題，也都給予極大關注，透過網路為他們尋找奧援，她的奮鬥與熱心公益的事蹟，不僅受到廣大報導，更被寫入教科書中。

他／她的學習密碼

「這些多數人覺得很腥很臭的市場，就是我的童年場域；就是這些味道，讓我覺得書裡面的小人物故事更真實，對他們產生同情與理解。」

「媽媽總是用不一樣的眼光告訴我，我擁有很多其他人沒有的，讓我接受自己的匱乏；讓我知道我的匱乏並不是羞恥的、骯髒的、讓人排斥的；反而，我擁有更多其他人未必有的東西。」

故事延長線

★ 你曾經羨慕過別人嗎？說說看你的經驗。而你又是怎麼排解不平衡的心情呢？

★ 在你閱讀過的故事裡，哪一個讓你印象最深刻？為什麼？

★ 看完沈芯菱的故事，你有什麼感想？

蔡穎卿
乒乓球室的意外

我永遠記得的是，當時沒有師長對我的犯錯有任何激動的表達。他們的平靜與穩重，如今我才澈底了解是經驗與情感的相加，但當時，這個氛圍給我的感覺是安全，也是我今天最想給孩子的教育環境。

乒乓球室的意外

蔡穎卿／作家

以一百八十度來形容我十二歲的教育環境改變，一點都不誇張。從臺東的漁港小鎮離家去臺北住校的時候，我們家鄉的孩子多數都又黑又瘦，而新學校的同學卻個個氣色紅潤，這使我母親不禁深深感嘆起營養的重要。

我穿起圓領的白上衣、天藍的四片裙，腰間繫了一只白腰帶，整齊端莊的制服使我看起來一下子長大了許多，但害羞內向的性格其實並沒有與外表的改變齊步同進；當時我發動全身所有的力量，不只要適應生活文化的衝擊，還要對抗痛苦的思家之情。

學校把生活安排得很好，德智體群美樣樣都注重，但我總在遠望淡水河想家。我抱著琴譜往山下四壁隔音的琴房走去，是因為在一個人的琴房裡似乎更適合傷心。第一個月過去了，即使在人人都溫柔和氣的環境裡，我也沒有交到任何一個朋友。有一天，我終於哭著打電話跟媽媽說，我想轉學回臺東去。

爸爸本來就不想要我離家，他聽了我的決定後一口答應了我的請求；但媽媽覺得轉學是一件大事，我應該要再試一個月，不能這麼任性的隨著自己的喜好就決定去留。我雖把媽媽的話聽進去，但畢竟只有十二歲，心裡有許多困難無法自行排遣，尤其每到星期五，就感到特別的難過。星期五晚上的寢室很熱鬧，大家高高興興的在姆姆們的帶領下鋪上報紙，仔細刷亮我們的黑皮鞋，隔天一上完半天課，大家提起書包就往校車衝。校車把所有的住校生都帶回家去與父母手足相聚，但我只能回到大姨媽的家去過週末。

允許孩子有他的難處

我終於沒有辦法面對離家的辛苦，有一天就躲在乒乓球室裡沒去上課了。這舉動如今想來除了逃避之外，已不記得還有沒有任何意圖。我穿著漂亮整齊的制服，卻不知為什麼席地而坐。

該進課室卻沒有進，心裡當然很害怕；我喜歡學校、老師、同學還有姆姆；事實上我真的喜歡關於這個學校所有的一切，但是我更想家。如果我是一個家在臺北的孩子，這環境對我來說就完美無比，但對父母的掛念卻使我無法安心學習；即使不知道逃了課又能怎樣，我仍以孩子的無知坐在地上等著，等著不知道會如何發生、又該如何應付的事。

乒乓球室的門終於開了，我很訝異走進來的竟是學校唯一的男士，我們的校長周先生。他跟平日一樣、穿著一身深色筆挺的西裝，一樣的溫文儒雅、一樣的輕聲細語，那平和的態度使我無法判斷，這是一場刻意的尋找或是不期而遇。周校長講話永遠好溫和，他笑著問我：「不去上課嗎？」我不知道怎麼回答，低著頭不說話。他靜了一下，然後做了一件完全出乎我預料中的事——去拿球拍遞給我，走到桌旁，對我說：「我們打球吧，等下課，你就回教室去上下一堂課！」

那場球打得好困難、好心不在焉，但我比先前決定不去上課的時候感到安定，我尾隨校長回教室，同學們並沒有很驚訝；那一刻，我覺得更加喜歡這個學校了！

我到現在還常常會想，允許孩子有他的難處到底是一種體貼，還是教育的智慧？而允許之後的幫助又要有多少了解才能決定如何採取行動，這些事是我學不完的。但我永遠記得的是，當時沒有師長對我的犯錯有任何激動的表達。他們的平靜與穩重，如今我才徹底了解是經驗與情感的相加，但當時，這個氛圍給我的感覺是安全，也是我今天最想給孩子的教育環境。

把真正的關心放在平和穩定的氣息當中，因為教育是日復一日的相處，沒有比溫和穩定更重要也更有用的了！

◎文・蔡穎卿／摘錄自《親子天下》第三十一期

啟蒙人物故事館
蔡穎卿

人物看板　蔡穎卿

知名作家，目前從事生活工作的教學與分享，主張以家事實作與生活關懷來落實教養。著有《媽媽是最初的老師》、《廚房之歌》、《我的工作是母親》、《在愛裡相遇》、《寫給孩子的工作日記》、《Bitbit，我的兔子朋友》、《我想學會生活：林白夫人給我的禮物》等書。

焦點報導

★二〇〇七年出版《媽媽是最初的老師》，其中的教養觀引起廣大關注與迴響，躋身暢銷作家之列。

★開設生活與閱讀課程，帶領大人與小朋友一同在家事實作中學習生活。

他／她的學習密碼

「允許孩子有他的難處，師長的平靜與穩重，給我安全的氛圍。」

「把真正的關心放在平和穩定的氣息中，這是更重要也更有用的。」

故事延長線

★ 你也曾經有過悲傷、徬徨，只想逃避的時刻嗎？那是什麼樣的情境？

★ 蔡穎卿說：「父母的掛念使我無法安心學習。」你能體會這樣的心情嗎？也曾有過這樣的經驗嗎？

★ 當你在生活中遇到了難處，你會選擇自己承受？還是找人商量？

典範與態度

王顏和
感恩那「忘了帶湯匙」的人生

我的環境讓我能忍別人所不能忍。我很喜歡看偉人傳記，岳飛、林肯這些人的出身都很卑微，所以我一直以為所有偉人都是刻苦出身，相信只要努力就會有機會。

感恩那「忘了帶湯匙」的人生

王顏和／前臺大醫院門診部主任

我在新北市三重的淡水河邊長大，爸爸是木工，家有四個男生，我是老大。小時候爸爸要借錢買米，有做工才能還。媽媽賣過豬血糕、後來去幫人挽面。但我不計較、也不抱怨。父母不會故意不給你好環境，他是沒有辦法。

撿破爛煥書本

讀三重國小一年級開學第一天，老師點名，有一個名字一直沒人舉手，後來老師用臺語唸，我才知道在叫我。我那時不知道還有一種語言叫國語。老師叫每個人去東方出版社用十元買一本書，全班就有五、六十本可以輪流看。但我那時沒有零用錢。我就去垃圾場撿破銅爛鐵，專門撿壞掉的燈泡，因為裡面的鎢絲是比鐵線還值錢的金屬。河邊也有很多鐵工廠，會倒出含鐵的砂土和鐵塊，我用磁鐵把鐵塊吸出來，再拿去賣。

我是家裡唯一一個繼續升學的人。考上臺北市的大同中學是我第一次離開三重。每天早上學校六點鐘開門，我就到了，因為在教室看書可以替家裡省電費。老師開補習班，我哪有錢補習？他就叫我去當小老師，幫他點名、改考卷、修理課桌椅（因為放假跟爸爸去上工，所以我會），然後他替我付下學期學雜費。念建中時有天突然盲腸炎得開刀，同學們還捐錢替我湊醫藥費。

我的環境讓我能忍別人所不能忍。我很喜歡看偉人傳記，岳飛、林肯這些人的出身都很卑微，所以我一直以為所有偉人都是刻苦出身，相信只要努力就會有機會。因為很單純，反而沒有太多欲望。我從小也不會去比較，好像一隻鴨在雞群裡不知道自己是鴨子。進臺大醫學院才知道，絕大多數同學都非富即貴。有同學說他的嗜好是射箭，我想都想不出來。所以我喜歡笑說：「有人出生帶金湯匙、有人帶銀湯匙，我是忘記帶湯匙。」

我不太會自卑，包括我長得比別人矮。我接受自己，不會去羨慕別人，我沒有的，就想辦法去掙來、去考來。爸爸是養子，媽媽只有弟妹，我家的親屬關係很單薄，我是所有親戚孩子中唯一飛出去的，其他人都是「勞力士」(勞工階級)。

遇見生命中的天使

我很喜歡的座右銘是「施人慎勿念，受施慎勿忘」。大專聯考因英文不好，考了三次才進臺大醫學院。第二次考上北醫，因為又是私立的，學費是臺大的好幾倍，我想補習再重考，也想離開家，不好意思再花家裡的錢。一位建中好友的媽媽知道了，就歡迎我去住他家。他家境很好，全家都是基督徒，我爸媽雖然不捨，但是也只好答應。快註冊時，陳媽媽主動拿錢給我，也願意幫我繳補習費。

我那一年真的在他家生活（我同學在外地念書），陳媽媽每天煮飯給我吃，還主動給我零用錢。我真的受之有愧。這位當年坐在隔壁的同學是我生命中的貴人，陳媽媽絕對是天使，他們就是看我很努力，後來不斷幫助我，從不求回報。

我真的很感恩。現在只要有機會我就幫助人，讓他成長成熟，變成社會上有用的人，也許需要十年、二十年，就像我同學全家對我一樣。

◎採訪整理・賓靜蓀／摘錄自《親子天下》第三十一期

啟蒙人物故事館
王顏和

人物看板　王顏和

前臺大醫學院復健科教授，前臺大醫院門診部主任，國內脊椎損傷復健權威。民國九十四年至一百年間，擔任臺大醫院復健科主任。任內整合復健科醫師、物理治療師、職能治療師、語言治療師、心理治療師及神經科醫師、放射科醫師，成功建立中風復健跨專業研究團隊，並成立臺灣腦中風復健研究中心。

焦點報導

★帶領團隊建構全國唯一的中風復健成效登錄及追蹤系統、發展中風病人日常生活功能評量系統及建立中風病人之功能復原預測模型。

★二〇一二年當選臺灣復健醫學會理事長。

他／她的學習密碼

「我很喜歡看偉人傳記，一直以為所有偉人都是刻苦出身，相信只要努力就會有機會。」

「我接受自己，不會去羡慕別人，沒有的，就想辦法去掙來、去考來。」

「施人慎勿念，受施慎勿忘。」

故事延長線

★ 你喜歡閱讀偉人故事嗎？哪個偉人故事最讓你感動？

★ 你曾感到自卑過嗎？那是為了什麼？

★ 在學習的過程中，你和同學之間會有所比較嗎？還是你會專注做好自己？

典範與態度

黃善華
拒絕棍子的青春

回想這段曲折的求學過程，彷彿破繭而出的蝴蝶，心中充滿感恩。我願分享說：找到人生的目標與價值，忘記背後，努力向著標竿直奔。只要我們願意，雖然遲延，但是絕對不會太遲！

拒絕棍子的青春

黃善華／美國德州女子大學家庭科學系副教授

自小父母便提醒我們，在臺灣的升學教育體系下，一旦錯過了正常的步調與途徑，想要再搭上升大學的高速子彈列車，實在難上加難。因此我滿有衝勁的完成小學，國中也由於入學考試成績順利進入「好班」，希望能一直保持喜愛學習的精神。

被打掉的學習心

國一的英數老師求好心切，規定學生一週七天上課，並為每一位學生設定考試的成績，一旦低於標準，就是棍子伺候！原本熱愛上學的我，只因不願常常被打，逐漸的失去學習動力。十三歲的我自問：如果經過打罵後的好成績只為了日後的好工作，成為有用的人，那我寧可不要，我只要一份普通的工作，成為平凡的人。

由於一學期七天上課，密集打罵的生活，我從原本喜愛上學進而拒絕學習。心想：只要不認真學習，老師便不會設立高標準，自然而然會放棄我，如此一來，將可避免一連串的處罰。有此信念後，便放棄讀書，毫不在乎學業。上學時，多半只帶著便當和空書包，與在升學制度下不得意的七八位男同學，漫遊街道，抽菸喝酒，翹課翹家。生命彷彿一層層的繭纏裹著……

國中畢業後進入高工，畢業後進入一所基督學院，經過兩年的英文學習後服兵役。那些日子，我一直在思考退伍後的去向，心中似乎有些志向，卻也說不清是什麼。想起中學六年空白的日子，似乎走到人生的低谷，不知活著的目的為何，實在痛苦。我有超過一個月的時間，天天失眠無法入睡，夜半時心想，難道就此過一生嗎？多過一天，就是與死亡更接近一步！我不願在痛苦與無奈中生存，我渴望改變，卻無力。

接觸教會後，看見生命的曙光與盼望，原來人生充滿意義。人存在的價值不單在於頭銜，乃是對他人與社會產生正面的影響。《聖經》說：「若有人在基督裡，他就是新造的人，舊事已過，都變成新的了。」人人都有其獨特的角色，正如指紋一般，在神的眼中，都是祂獨特的精心傑作。

因著耶穌全然的接納與了解，祂的愛深觸我心，燃起新的希望，如此價值觀的轉換，潛移默化中形成一股前所未有的求學力量。然而，昔日師長負面的言詞及冷嘲熱諷的表情，卻時時浮現在我的腦海。這兩方面的衝擊，使我質疑失去的六年時光，將如何在耶穌手中變成新的？《聖經》上又說到：「看哪，神要做一件新事；如今要發現，你們豈不知道嗎？神必在曠野開道路，在沙漠開江河。」回顧過去求學的路程，不是充滿了曠野與沙漠的經歷嗎！雖然未來仍是困難重重，我選擇真心相信耶穌有能力改變我的生命，使不可能的成為可能，賜給我一個全新的開始！因著信仰與這股動力，帶領我一步步離開生命中的曠野，走出學習的沙漠，暢飲生命的泉源。

忘記背後才能往前直奔

在美國八年的學生生涯，並非一帆風順，挑戰與困難處處可見。因著耶穌的愛及所加添的力量，我順利完成家庭科學的博士學位，且在美國大學任教超過十年。我願藉著所學來助人建立和諧的家庭關係，因為健康的家庭就是避風港，將有助於促進孩子學習的動力，及提供正確的人生價值觀。

回想這段曲折的求學過程，彷彿破繭而出的蝴蝶，心中充滿感恩。我願分享説：找到人生的目標與價值，忘記背後，努力面前，向著標竿直奔。的確，耶穌能給人一個全新的開始，只要我們願意，雖然遲延，但是絕對不會太遲！

◎文・黃善華／摘錄自《親子天下》第三十一期

啟蒙人物故事館 黃善華

人物看板　黃善華

德州女子大學家庭科學系副教授，北美中華福音神學院客座教授，二〇〇一年於田納西大學（UTK）獲兒童與家庭學系博士學位。在美國任教超過十年時間，專長在於移民家庭、父職方面的研究。近年來也關注於婚姻關係的發展，曾發表多場相關演說。

焦點報導

★二〇〇一年獲得美國家人關係學會之家庭生活教育師認證資格。

他／她的學習密碼

「人存在的價值不單在於頭銜，乃是對他人與社會產生正面的影響。」

「人人都有其獨特的角色，正如指紋一般，在神的眼中，都是祂獨特的精心傑作。」

「找到人生的目標與價值，忘記背後，努力面前，向著標竿直奔。」

故事延長線

★ 在求學過程中，你是否曾經因為什麼事情而失去學習動機？最後怎麼重新找回？

★ 現階段的你，最渴望改變生活中的什麼部分？為什麼？你又會怎麼做？

★ 你的人生目標與價值是什麼？你要如何實踐它？

戴勝益
老爸的「發宵夜哲學」

我印象很深刻，爸爸分配宵夜的順序永遠是固定的：先給來驗貨的貿易商；其次，則分配給卡車司機、捆工等工作人員，第三輪則發給同仁，最後才是我們家裡的人。在他身上，我學到最大的功課就是：用款待客人的態度處世。

老爸的「發宵夜哲學」

戴勝益／前王品餐飲集團董事長

很多看起來很「偉大」的事情，背後的道理，其實是很單純的。

我並不是一開始就出來創業。大學畢業以後，我先進入我們家族的製帽事業（三勝製帽）工作。

「客人最大」的智慧

做外銷事業，經常得跟「截關日」賽跑。貨物必須趕在截關日之前做好驗貨、報關放行等工作。若趕不上，客戶可以不認帳，那這一批貨就算是白忙了，只能認賠。

我們當時每週大約要趕截關兩次。每次趕截關，工廠的後端包裝部門、出貨部門，甚至打單小姐，加起來大概有一百多人，全部得挑燈夜戰，通宵達旦加班；不只是我們公司裡的人要加班，被指定來驗貨的代理商人員、卡車司機、搬貨的捆工也都得跟著忙一整晚。

趕工到半夜，我爸爸總會出去買一些乾麵、滷菜或是麵包，回來給大家當宵夜，「中場休息」的時候，可以填填肚子。

我印象很深刻，爸爸分配宵夜的順序永遠是固定的：先給來驗貨的貿易商；其次，則分配給卡車司機、捆工等工作人員，第三輪則發給同仁，最後才是我們家裡的人。

輪到我們吃時，東西可能都已經涼掉、不好吃了；有時候加班的人多，宵夜數量沒估好，份數不夠，我們甚至就沒得吃。而且，不管有沒有得吃，我們都得幫忙收拾「前三輪」吃完點心後留下的垃圾。

那時候大學才畢業沒多久，年輕氣盛，還不太通曉人情世故，每次飢腸轆轆熬夜加班，心裡總有些納悶：「公司是我們家的，為什麼不先給我們呢？」來驗貨的代理商有利害關係，優先款待倒也罷了，為什麼連貨車司機、捆工等來幫忙的人，都比我們這些「自己人」優先呢？

有一天，我終於忍不住開口問我爸爸原委。老爸只是淡淡的說：「因為『客人』最大，不能虧待；幫你做事的員工，也很重要；至於『自己人』，可以往後排沒關係。」

在他心目中，來驗貨的代理商是「顧客」，當然是要擺第一的「客人」；而貨車司機、捆工等周邊支援者，則是廣義的「客人」。殷勤款待前者，是做生意的智慧；熱情對待後者，則是處世的修養。

用款待客人的態度處世

坦白說，我爸爸是脾氣頗急躁的人，但是這一面只有家人看得到。他對「客人」（不管是顧客還是來幫忙的人）、員工或朋友，一直都十分親和有禮，臉上永遠掛著笑容；員工或下游廠商出紕漏，他會訂正，但絕不會氣急敗壞，讓人難堪。在他身上，我學到最大的功課就是：用款待客人的態度處世。

三十九歲時，我自願放棄副總職位，空手離開家族事業，出來自立門戶。我的創業歷程可謂是「九死一生」：在王品之前，我做過很多種事業，包括ㄅㄧㄅㄧ樂園、阿拉丁樂園、嘟嘟樂園、一品肉粽餐飲、全國牛排館……每一次都以失敗告終，一度負債高達一億八千萬元，前面歷經「九死」以後，到創立王品，總算殺出一條生路。

其實，我跟爸爸一樣，也都是急躁的人，但一直記得他教我的處世態度。王品創立二十年，無論高低潮，我幾乎沒對人大小聲過，這種柔軟度，讓更多優秀的人願意跟我一起做事。

近年來，很多把我們當做個案的管理學研究，都會提到「王品憲法」中「顧客第一，同仁第二，股東第三」的經營理念，但這種「把『客人』往前擺，『自己人』往後擺」的做法，說穿了，其實就是我爸當年的「發宵夜哲學」啊。

◎採訪整理・李翠卿／摘錄自《親子天下》第三十一期

啟蒙人物故事館
戴勝益

人物看板　戴勝益

前王品餐飲集團董事長。白手起家創立臺灣最大餐飲集團，其獨特的管理經營方式與公司文化，帶領集團蒸蒸日上，在「二〇一二臺灣服務業大評鑑」的連鎖餐飲品牌類別中奪下第一、三與五名的評鑑好成績，亦獲得「新世代最嚮往企業」、以及「上班族最嚮往企業」之一。

焦點報導

★曾榮獲《天下雜誌》「卓越服務獎」第一名。
★Cheers雜誌應屆畢業生「新世代最嚮往企業」調查第一名。
★數位時代「綠色大調查」——綠色品牌企業特優獎。

他／她的學習密碼

「無論高低潮，我幾乎沒對人大小聲過，這種柔軟度，讓更多優秀的人願意跟我一起做事。」
「把『客人』往前擺，『自己人』往後擺。」
「用款待客人的態度處世。」

故事延長線

★ 你認為服務業中最重要的一環是什麼？
★「殷勤款待前者（代理商），是做生意的智慧；熱情對待後者（廣義的客人——周邊支援者），則是處世的修養。」你能體會這句話的意義嗎？能區別二者的不同嗎？
★「顧客第一，同仁第二，股東第三」，王品憲法中這三者的順序有什麼含意？

林玫伶
為流浪漢放一場電影

我望著偌大的戲院和阿不掉孤單的身影，覺得為他播放影片的動作，多像是讓那麼多演員陪伴一個寂寞的流浪漢。我在戲院成長，也以戲院為學習場域，習得一身「能力」。

為流浪漢放一場電影

林玫伶／臺北市國語實驗小學校長

我是高雄市「美濃第一大戲院」老闆的女兒，我的老家，就在四百多坪大戲院的二樓一角。老戲院現在已是一座廢墟，但是在戲院度過的童年時光，卻深深影響我。如果有一臺可以照見血液的顯微鏡，應該可以看到我體內的「戲院基因」。

我有記憶以來，臺灣老戲院已經是個黃昏事業。我曾偷看過父親的帳本，幾乎全是負債，父親、伯父總是在周轉，調度金額非常大。戲院就像一個背不動的負擔，不是說不要就不要的。

這樣辛苦的生活中，我的父母輩從來沒有失去做人的良善與溫暖。

做人的良善與溫暖

鄉鎮級老戲院非常有人情味，沒有所謂的對號座，也不清場；更有趣的是，常常有的大人在窗口買票時，會有不認識的小孩在一旁拉拉他褲角，通常大人就當做是自己的小孩帶進去。老闆不是不知道，但那是一種「默契」，你看見那小孩好期盼的眼神，又覺得多一個小孩，戲院也沒什麼損失。

還有，老戲院傍晚最後一場戲演到一半之後，戲院看門口的人就會離開，門戶洞開，那時剛好是國小放學時間，學生會成群結隊溜進去「看尾戲仔」。這也是默契。

電影沒有上映的時候，鎮上小孩子就會進來我們家溜冰、捉迷藏。

我的父母輩做生意不全然是做生意，還有一半做朋友的感覺。美濃那時有個很有名的流浪漢，我們叫他「阿不掉」，阿不掉來我們家從來沒有買過一張完整的票，可是只要他來就是讓他進去看。

有個颱風天，戲院歇業。阿不掉穿著簑衣，騎著腳踏車，搖搖晃晃到了戲院，說他要看電影；戲院是歇業狀態，沒有人會來看電影，可是我父親沒有拒絕，為他播放了電影。我們家是營業用電，一部電影九十分鐘播下來費用驚人，而那天就為了他一個人。我望著偌大的戲院和阿不掉孤單的身影，覺得為他播放影片的動作，多像是讓那麼多演員陪伴一個寂寞的流浪漢。

不僅是父母輩的溫柔敦厚，我在戲院成長，也以戲院為學習場域，習得一身「能力」。「戲院老闆女兒」的身分看似風光，但我要做的事多而龐雜。我要在每天的工作中學習，戲院面積這麼大，要怎麼掃才會快？海報怎麼貼才會有美感？賣票時客人一口氣塞兩百元說要三張全票四張半票，如何很快的算出來？我從小就很能體會「教育即生活」，因為每件事都要做，所以會在工作中訓練很多的能力。

這些磨練讓我做事情較仔細，也較能面面俱到。高中時我念臺南師專，先後主持過兩個學校很大的社團：自然科學研究社、南師專女青年聯誼會，同時處理多而雜的工作，卻很少會忘記。

國中小階段我看了近一千兩百部的電影，對於一個資源貧乏的鄉下小孩，是種另類閱讀，我在這其中學會察言觀色的能力。

戲院百態成就推理能力

戲院是黑白兩道出入的地方。白道就是會有警察臨檢，或當早期助割隊勞軍的場地，有時候也給後備軍人當點閱召集的場地。黑道就更多了，客人裡有刺龍刺鳳的、看霸王戲的、喝酒鬧事的、吸強力膠的。

我在一旁看著父母對這些形形色色人的應對周旋。他們或沉著或焦急，我因為戲看多了，很容易分辨出他們的鎮定是真的抑或佯裝的。

電影總是透過嘴角、眉目間那幾秒的表情傳達訊息與情緒，這短暫的表情攸關後面劇情發展。加上那個年代新聞局審核，剪片剪得很嚴重，我也因此培養了推理能力。

我們家為了還債，從我國中開始賣檳榔、將戲院租給城市人經營，最後仍整家戲院抵押給銀行，我們被迫離開從小長大的「家」。

我們家搬到市區的大樓裡，原來的戲院現在仍佇立在美濃鎮的荒煙蔓草堆中。對我們兄弟姊妹來說，市區的大樓不是「家」，我們的家一直都是那個「美濃第一大戲院」。可是我們不會回去那個「家」，就算我偶爾因為演講經過，我甚至會別過頭去不敢看。

看或不看都讓人難過。當我回憶起轉個彎應該是一道門，轉了彎，看見門在或不在，難過的情緒都會湧上。

老戲院的一切是我生命最豐厚的禮物。它養成了我性格裡的溫柔敦厚，給了我處事明快與善於觀察人的能力；它造就了今天的我。

◎採訪整理・張瀞文／摘錄自《親子天下》第三十一期

啟蒙人物故事館 林玫伶

焦點報導

★ 榮獲臺北市九十九年度特殊優良教師獎（校長）。

★ 第五屆陳國政兒童文學獎兒童散文類優等獎。

★ 臺灣省教育廳教育人員專題論文優等獎、全國國小數學教學設計優等獎等。

人物看板　林玫伶

現任臺北市國語實驗小學校長，也是知名的兒童文學作家。出身於高雄市美濃，家裡曾經經營戲院，後來戲院收掉以後，母親以賣檳榔撐起一家生計。童年的這些經驗，成為她日後寫作與教育上最重要的養分。著有多部校園暢銷作品如：《童話可以這樣看》、《換個角度看童話》、《笑傲班級》、《我家開戲院》等。

他／她的學習密碼

「辛苦的生活中，我的父母輩從來沒有失去做人的良善與溫暖。」

「我從小就很能體會『教育即生活』，因為每件事都要做，所以會在工作中訓練很多的能力。」

「我看了近一千兩百部的電影，對於一個資源貧乏的鄉下小孩，是種另類閱讀，我在這其中學會察言觀色的能力。」

故事延長線

★ 你喜歡看電影嗎？最喜歡的電影是什麼？為什麼？

★ 林玫伶的父母為什麼要為一個流浪漢播放一場電影？

★ 林玫伶在老戲院的時光中，學會了受用不盡的能力。在你的成長過程中，是否也曾在課堂之外學到很棒的知識與能力？

典範與態度

王小棣
人生荒原中的嚮導

老師說我「可惜了！」這句話一直在我腦海中迴盪，終於有一天變成一個泡泡冒出來。老師若能從「一個人」的角度，幫助學生看見自己的可能，比鞭策他走在一條規矩路上更重要。

人生荒原中的嚮導

王小棣／導演

我最近新的電影《酷馬》，是一部關於高中老師和中輟生的故事。在給高中生看完試片的會後，我問大家，電影中誰的印象最讓人深刻？本來以為大家會喜歡的是演中輟生的年輕男女主角，沒想到他們說的卻是電影中的老師，問他們為什麼？「因為我們沒有這種老師，這種老師很棒！」這個答案讓我很心疼。

莫名其妙的小孩

我的人生中若沒有遇到葉傳靜老師，真的，我不知道自己現在在做什麼。葉老師是我金陵初中的數學老師。我還記得她上課都穿旗袍，身材微胖，兩頰肉肉的；她那時也在北一女教書，是我們學校的名師。在初中階段，對我來說，老師是生活中最不重要的。我完全不在乎成績，還記得鉛筆盒裡面的鉛筆都已經被我刻好數字一、二、三。考試時，我完全不費腦筋，拿鉛筆當骰子，滾鉛筆在考卷上填一、二、三。那時的生活重心就是玩。到現在都還記得，初中一、二年級的教室都在大樓側面，樓梯把手是金屬的。我每次下樓都從扶手滑下來，不走樓梯，那時皮到這種程度。

我會講這麼多細節，仔細描述我有多壞，是想要讓老師理解，小孩真的有太多的莫名其妙。

又比方，我家沒有人抽菸，但我就是好奇，有一天偷了一根奉給客人的菸，跑去密不透風的廁所偷抽，抽到自己快要昏倒、要吐了。初中住校時，為了跟同學耍屌，跟同學說我會抽菸，還記得晚自習時校園很暗，大家跟著我繞著操場，看我抽菸說：「哇！」神氣極了！

後來我父母要幫我轉學，他們到了學校去跟老師談話。我立刻到教室的大樓，跑遍三層樓，跟同學說：「再見，我要轉學囉！」結果到了車上，我爸嚴肅的說：「還是不要轉了，因為這個學校的老師還沒有對你絕望。有一個數學老師說，你上課都在睡覺，那是因為她講一個題目，必須要講三遍，全班才會懂。但是你第一遍就懂了，所以才睡。」

我聽了瞠目結舌，因為那就是葉老師，老師對我從不假辭色，還用粉筆丟過我，我的數學成績，平均都是個位數，心想：「葉老師，她瘋了嗎？有這回事嗎？」

引發對自己的好奇

不過，接著我對這老師好奇了，她說，我聽一遍就懂，真的嗎？從此上課我開始看著老師，這個人講什麼？剛好課程也從代數進入幾何，我發現自己真的聽懂，也會了。下一個月數學平均考了九十幾分，就這樣一下子跳上去。葉老師讓我引起自己對自己的好奇：我怎麼會了？

但是我的人生沒有因此逆轉，過了一陣子的新鮮期就又膩了。我那時非常喜歡打籃球，國中畢業也不準備考聯考，寫了一封信跟我父母說明「人各有志」，我決定加入當時淡江中學的籃球隊，那是準國家代表隊。

畢業那天葉老師把我叫住，帶我走到一個沒有人的教室，她坐著半天不講話，然後冒出一句：「你不考聯考，不考你要幹麼？」我站著半天不知道怎麼回答。老師也沒說話，我偷偷看她，她居然在流眼淚，我嚇了一大跳，這狀況我完全沒有想過。老師眼睛有淚，半晌後講一句：「你喔，可惜了！」

老師說我「可惜了！」這句話一直在我腦海中迴盪，後來，我還是去參加高中籃球隊。但是終於有一天老師這句話慢慢累積，變成一個泡泡冒出來。打球打著，我開始思索：「長大要做什麼？」我看看周遭，心想若是繼續打球，加入國家代表隊，以後就是當教練，但是我不想當教練呀！然後我就退出了球隊，開始認真念書，準備考大學，這是一個大逆轉。高二開始認真念書，月考考到全校的前十名，最後考上了文化大學戲劇系。

幫他看到可能性

我常常在想，人生就像是荒原，有很多路，不是只有一個途徑的選擇。我很希望當老師的人，也可以用「一個人面對另外一個人」的態度和心情，因為每一個人的家庭背景和腦袋裡面的東西都不相同，你不能用一種標準去看。當年的葉老師沒有在規範內看待我，她就是用一種人性的眼光看到我的一點特質，說我：「可惜了！」給我莫大的力量。

人的成長有一輩子的時間，若是老師能從人對人的角度，幫助學生去看見一些自己的可能，是比拿鞭子鞭策他走在一條規矩路上更重要。「幫助他看到可能性」，葉老師就是做這樣的事情。

後來，我體會到葉老師的心情，是我剛回國在文化教書時遇到蔡明亮。那時我要學生交一個期末報告，蔡明亮來跟我說，希望回去馬來西亞再寫。我想到自己在美國念書時很吃力的經驗，就答應他。但是他回去後沒有寫報告，卻寄給我一封信，信裡描述家裡的事情，他父親賣麵等等。信寫得非常好，我看完非常感動。後來我很掙扎，因為他還是沒交報告，我給了他零分，不然對其他學生不公平，但是他也沒有介意。我們變成好朋友，我心裡知道這個學生將來會是一個創作的人。

我想，老師們應該要理解，學生將來成為什麼樣的人，比現在成績重要。所以多從「一個人」的角度去看學生，會發現很多的可能。

◎採訪整理．陳雅慧／摘錄自《親子天下》第十六期

啟蒙人物故事館
王小棣

人物看板　王小棣

知名電影、電視導演。一九九二年，王小棣和黃黎明成立稻田電影工作室，開始製作電視劇和長片。作品從早期的《佳家福》、《魔法阿媽》、《擁抱大白熊》到近年來的《波麗士大人》、《45度C天空下》，每一部作品對社會中的小人物都有細膩描繪，傳達了人性美好與和善的一面。

焦點報導

★一九八七年以《稻草人》榮獲第二十四屆金馬獎最佳原著劇本。

★《魔法阿媽》一片，榮獲亞太地區優良電影獎以及美國芝加哥國際兒童影展佳作。

★二〇〇四年榮獲中華民國電影導演協會年度最佳導演。

他／她的學習密碼

「人生就像是荒原，有很多路，不是只有一個途徑的選擇。」

「將來成為什麼樣的人，比現在成績重要。」

「老師就是用一種人性的眼光看到我的一點特質，說我：『可惜了！』給我莫大的力量。」

故事延長線

★ 在你的求學過程中，是否也曾經有過如葉老師一樣啟蒙你的教師？

★ 從「一個人」的角度去看學生，你會怎麼詮釋「一個人」這個角度？

★ 如果你的人生規畫與師長的期待有所不同，你會怎麼去溝通與協調這之間的落差？

典範與態度

黃明正
不放棄自己，就不會有人放棄你

從過去大、小傷不斷的經驗中明白：只要自己不放棄自己，就不會有人放棄你。我對自己的未來仍然很徬徨，表演藝術有這麼多條路可走，我真正的夢想在哪裡？在學藝後十五年，也就是一直到我二十五歲，我才確定馬戲雜技是我要走的路。

不放棄自己，就不會有人放棄你

黃明正／表演藝術工作者

我們家和表演藝術有深厚的淵源，我的大伯父、二伯父、叔叔都從事表演藝術。從我有記憶以來，我就會倒立，而我妹妹天生就有軟骨功，可以說是老天爺賞飯吃。

可是我有其他的選擇。國小時，我不需要太用功，就能考前幾名；畫畫也不錯，我可以像其他同學一樣念書、考試。但是爸媽看到我的運動神經發達，除了會倒立，還會翻筋斗。我叔叔黃志生是臺灣京劇界有名的人物，在他的介紹下，我爸媽知道有一間學校可以讓我的天賦得到更好的訓練。

他們問我：「有學校在教翻筋斗，你要不要去？」我既疑惑又害怕，但又覺得有趣的點頭說：「好啊。」

十歲讀劇校，十三歲贏得國際獎項

十歲起，我就進了國立復興劇藝實驗學校（國立臺灣戲曲學院的前身），一直念到十八歲。小學五年級時，我的同學可以每天回家吃媽媽煮的飯，我卻一個人離家住在學校學藝；每天清晨五點半，我的同學還在睡覺，我就必須起床練習，一直到晚上八點半。

劇校很像軍校，上課太吵、內務沒有整理好、掃地沒掃乾淨都會被處罰，罰站、跑操場是常有的事。劇校的團體生活很像個小型社會，會有小團體、搞排擠。還好每天可以打一通電話回家，我幾乎天天哭，因為很想家。有一次，我看到哥哥和妹妹每天很快樂，還能天天待在家，就邊哭邊說我想轉學。沒想到爸爸卻說，如果再提轉學，就要把我打死。我嚇到了，就再也不敢提。

那個年代學藝，只要能出國表演就代表成功。十三歲時，我代表學校和國家到大陸河北參加比賽，為臺灣贏得第一面國際雜技比賽銅獅獎。

表演藝術有身體的極限，我們家族有遺傳性心室肥大症，我的一位長輩在表演時，因為心臟病發作而過世。雖然我的右手肘開過刀，右手掌骨也曾斷裂過，胸椎受過傷。可是我很幸運，沒有心臟方面的疾病，身體可以支持我表演。我也從過去大、小傷不斷的經驗中明白：只要自己不放棄自己，就不會有人放棄你。受傷、復健，訓練自己受傷後再恢復的能耐，這個過程一直走到高中畢業。但我對自己的未來仍然很徬徨，表演藝術有這麼多條路可走，我真正的夢想在哪裡？在學藝後十五年，也就是一直到我二十五歲，我才確定馬戲雜技是我要走的路。

高中畢業，我同時報考北藝大戲劇系和舞蹈系，兩個都沒考上，戲劇系還以一分之差落榜。我很迷惘，媽媽問我要不要去考軍校，可是我只想念北藝大。想重考時，恰巧補習班主任打電話來找我去打工，我就從時薪一百元的工讀生做起。

我今天能夠透過演講向大眾陳述我的夢想、感動觀眾，還能有策略、有方法的執行與行銷我的夢想，是因為那三年在補習班工作的經驗。我要說服重考生來報名，也就是所謂的招生業務員。我是劇校出身，但學科成績可以通過北藝大的門檻，這對招生有一定的號召力。我真的做出一點成績，幫補習班招到一批重考的學生。

二十歲賺到大錢卻徬徨人生路

補習班主任跟我說，我以前學的東西都是窮人才會去學，而且翻筋斗可以翻多久？還要我好好看他開的BMW。那陣子，我不大知道自己在做什麼，但主任支持我。我對其他行業也不熟悉，一直以來就只會表演，其他什麼也不會。人生到底要往哪走，我很徬徨。二十歲那年，我買了生平第一包菸，為了思考我人生的去路。當時我嚮往有錢的生活，可以開BMW，想吃什麼就吃什麼，最重要的是，還有人帶領我。

決定把補習班經營當成事業後，我努力學習業務員該有的嘴上功夫，把對手的優點說成缺點，把自己補習班的缺點說成優點。我還跑學校發DM、和學生培養感情。在補習班三年，我每個月工作三百小時，一年只休過年的六天假，當時我賺到的錢比三十歲的人還多。

然而，我漸漸覺得，這種為了業績必須言不由衷，每天盤算賺多少的工作，不是我要的生活。我很清楚自己並不快樂，感覺不是我自己。於是我決定重考。花了兩年的時間，我以高於錄取分數一分考上了北藝大戲劇系。

大學我都在混沌的狀態下度過，直到大三時獲拉芳舞團邀約至紐約表演。我並不喜歡舞蹈，但當時覺得大學生活無聊至極，我想去紐約長長見識也好。在紐約兩個月大量排舞練習中，我意外發現到一種我從小就很喜歡，卻在長大後遺忘的快樂——身體。

在紐約找回了對表演藝術的熱情，回到臺灣後我成立了「當機劇場」，並發表了第一部作品《Moi》。

在當兵時，我寫下了十五年打造臺灣雜技環境基礎的企畫書。

但我的母校不支持我，政府也不承認我的天賦是一項藝術表演，我只好用自己的方式來讓世界了解我的才能。

街頭表演是最直接的方法，每次表演，我都會大喊：「我不是外國人啦，我是臺灣人，臺灣訓練出來的表演者，你們看到的表演是我從小的興趣……」透過街頭表演，我也能直接感受觀眾的反應，隨時調整表演風格，這是最直接的市場調查。

找到夢想，做就對了！

我不會用相機，但去年我帶著數位相機，花了五個月的時間，環臺深入各地共兩萬公里。每到一個城市，我就找景倒立自拍，一共拍了一千兩百張照片，每一張平均花九十分鐘才拍到我想要的畫面。這九十分鐘，我就不斷倒立、調整拍照的角度，曾經差點被大浪打入海裡。

環臺到花蓮時，身上的錢花光了，又到人口少、街頭表演最不易募到錢的地方，意志幾乎完全被摧毀，不禁自我懷疑起來：連臺灣都環不完，還想環遊世界……加上對未來感到非常恐慌，深深的絕望，讓我差點跳海自殺。還好我下一秒就想到為什麼會落到這種田地，是我讓自己太累了。

就算是做自己想做的，也要勞逸均衡，不能毀滅自己。也因此，環臺後，面對挫折時，我會儘量讓自己休息和冷靜下來。

環島後，拍攝《透明之國》讓我負債，我靠著演講、街頭表演維生，養活自己並不困難。但人要有信仰，馬戲雜技就是我的信仰。

現在「當機劇場」只有我一位表演者，我當然也想組團進行團體表演；不過目前我只能照顧自己，但我相信馬戲雜技在臺灣絕對有未來、有商機。等我實踐夢想，我才有能力養更大的劇團。

很多人有夢想，但多數會在夢想之後加上「可是」。我沒有本錢抱怨，也沒有時間猶豫，找到夢想，做就對了！

◎採訪整理・陳珮雯／摘錄自《親子天下》第二十七期

啟蒙人物故事館

黃明正

人物看板　黃明正

國立臺北藝術大學戲劇系畢業，主修戲劇表演。十歲時，即進入國立臺灣戲曲學院接受八年雜技專業訓練。曾應名舞蹈家許芳宜之邀請，至紐約 Baryshnikov 舞蹈中心擔任駐村藝術家。二〇一〇年以倒立方式完成環臺一周，並將環臺的經驗整理後，發表為劇場作品「透明之國」。

焦點報導

★ 成立當機劇團，目標是一個為期十五年的環遊世界計畫。

★ 曾獲得二〇一一年第九屆臺新藝術獎評審團特別獎。

★ 曾經參與公視人生劇展、國片《練習曲》等戲劇演出。

他／她的學習密碼

「只要自己不放棄自己，就不會有人放棄你。」

「面對挫折時，我會儘量讓自己休息和冷靜下來。」

「很多人有夢想，但多數會在夢想之後加上『可是』。我沒有本錢抱怨，也沒有時間猶豫，找到夢想，做就對了！」

故事延長線

★ 你曾經有過絕望的時刻嗎？那是什麼樣的情景？你用什麼方法幫助自己找到希望？

★ 面對挫折時，黃明正會讓自己休息、慢下來。遇到挫折時，你會用什麼方法來調解？

★ 黃明正堅持要做馬戲雜技是基於什麼樣的緣由？你也有堅持一定要做到的事嗎？

知識與探索

魏德聖
跑道上的覺醒

我知道我不是很聰明的人，我可以不是第一名，但「完成」想做的事，是任何一個人都可以做到的。

跑道上的覺醒

魏德聖／導演

我從小到大沒有參加過任何比賽，特別是體育的比賽，因為我又矮又瘦。一直到五專四年級，大家在選誰要去賽跑的時候，一千六百公尺競賽沒有人要跑。有人問我要不要參加，我想再過一年從學校畢業，學生生活就此結束，而我都還沒有在體育場上比賽過，所以就說：「我要比。」這對我來說可能是唯一的一次機會。所以那個寒假我每天晚上都會從打工的工廠，跑四、五公里回家。

結果那次比賽我得到金牌。從此以後，大家都以為我很會跑。五年級的時候，學校把各年級跑前三名的人都找來，要選出參加全國大專院校運動會的路跑人選，結果我被選為學校的代表隊。但整個寒假都沒有人訓練我，我就一個人練跑，跑到後來覺得很無聊，一個星期才練跑一次。等到要比賽那天，我想就跟緊第一名的腳步好了。

那時候我跑十公里的最快紀錄是四十三分鐘，後來我才知道第一名跑十公里的紀錄是三十二分鐘。可是當時我不知道，就跟著他一直跑，跑到第二圈就已經快不行了，整個人全亂了。最後我就一直落後，從第二名、第三名……第五名到最後一名。最後一名也就算了，還落後倒數第二名一圈！

走出跑道就回不去了

我跑到完全沒有力量，就跑出場外去，我放棄了。可是當我跑出去的那一刻，是我最大的後悔！

沒有把它跑完，只剩下最後幾圈，我到現在都還很後悔為什麼沒有把它跑完。這件事情對我的傷害滿大的，到現在我還沒有辦法原諒當初沒有跑完這件事情，覺得好像留下一個汙點。

當我放棄的那一刻，就是很累，呼吸調不過來，腳步也軟弱了，心情是浮躁的，整個人都亂掉了。滿腦子想的都是：「我不行了！我不行了！」如果那時心裡想的是：「還可以！

我還可以！」或者是：「沒關係！沒關係！」我一定可以跑完！我一直不明白為什麼那時候一直告訴自己：「我不行了！」

走出場子我就開始懊悔，因為走不回去了。我去上個廁所，洗個臉之後，聽到廣播說：「最後一名只剩下一圈了，我們給他加油！」當我聽到最後一名跑到終點是用了四十五分又幾秒時，我知道自己可以跑得比他快。只要我好好的跑，至少不會是最後一名。我在場外聽到廣播的時候，心裡更氣！

這件事情後來影響到我做事情的態度——即使失敗，也不想半途而廢。我知道我不是非常厲害，也不是很聰明的人。我可以不是第一名，但把它跑完是可以做得到的。沒有人可以保證自己會是第一名，但「完成」是任何一個人都可以做到的事。

後來我拍電影的時候，心裡想的就是要先把它「完成」。我不是為了追第一名，只是單純的想把它拍好。因為已經下了這麼重的資金進去，只有把它拍到好，才有贏的機會，但最基本的態度就是要完成它。

《賽德克．巴萊》之後，還有另一個階段我要完成，就是「臺灣三部曲」。

「臺灣三部曲」就是三部電影，講荷據時期的臺灣。每部戲的開場都是荷蘭人來了，每部片的結尾都是鄭成功來了。用三種角度：荷蘭人的角度、原住民的角度、漢人海盜的角度去看這同一段歷史，是有很多故事在進行的。

歷史不會給你什麼答案，它只能告訴你，發生過什麼？看見過什麼？你想的是什麼？幫我們更確定自己的身分，歷史不會告訴你答案。

「臺灣三部曲」，就像那時候跑步競賽的最後幾圈，跑第一名是這樣，跑最後一名也是這樣，但我一定要把它完成。

◎採訪整理・許芳菊／摘錄自《親子天下》第三十一期

啟蒙人物故事館
魏德聖

人物看板　魏德聖

非電影科班出身的魏德聖，曾經擔任過電影場務、助導、副導，從電影工業最底層逐漸累積自己的實力。曾於二〇〇三年以原住民抗日之霧社事件為背景，拍攝五分鐘《賽德克．巴萊》試拍片，初試啼聲，獲得高度肯定。之後獲得新聞局補助，拍攝《海角七號》，二〇〇八年上映後，一舉成名。

焦點報導

★電影《海角七號》獲得臺灣「臺北電影節」百萬首獎，日本「亞洲海洋電影展」最佳影片首獎，美國「路易威登夏威夷影展」劇情片類首獎。

★曾獲第四十五屆金馬獎年度臺灣傑出電影工作者。

★電影《賽德克．巴萊》獲第四十八屆金馬獎最佳劇情片。

他／她的學習密碼

「即使失敗，也不想半途而廢。」

「沒有人可以保證自己會是第一名，但『完成』是任何一個人都可以做到的事。」

故事延長線

★ 你是否曾有過對一件事情半途而廢的經驗？說說你的感想。

★「完成」是任何一個人都可以做到的事，你能詮釋這句話想傳達的含意嗎？

★「只有好好的完成，才有贏的機會。」說說你對這句話的看法。

知識與探索

傅月庵
那六年，我窩在光華商場

回首看看臺北工專這六年，青春正年少，我的功課有壓力、人生也不算順利，光華商場是讓像我這樣的人，有個可以逃脫的地方。窩在光華商場的那六年，是我人生很多養分的來源，到現在我都還在依賴這些養分維生。

那六年，我窩在光華商場

傅月庵／茉莉二手書店執行總監

小時候我功課都很好，只有到了臺北工專念書時，功課才不好。因為臺北工專是工科的，我根本不適合念工科。我會去讀臺北工專，是因為虛榮，因為我考高中有點失常，數學考了四十幾分，考到了中正高中。我覺得如果我去念那邊，跟我的朋友完全不能比，我的朋友都考到前三志願，而中正是第四志願。我的五專考得比高中好，考到臺北工專，我那時候愛慕虛榮，覺得至少「臺北工專」四個字看起來不錯，就去念了。

可是人的機緣很難說對或錯。如果我那時候不是去念臺北工專，如果我在臺北工專念得很好，我就不會整天窩在光華商場。

光華商場就在臺北工專隔壁，我以前也不知道有這個地方，我是三重鄉下小孩，國中畢業前幾乎沒有跨過淡水河。來到臺北工專才知道，喔！原來這邊有一個賣舊書的地方。那時我一天大概有二十塊的生活費，我只要拿五塊錢就可以買書看了。

逛到什麼書都看過

我從小就對書有興趣，只要有字、有圖片的東西，我都會拿起來讀，甚至連香菸盒都會撿起來看，為的是看上面的字跟圖片。但是我家窮，當我發現光華商場的時候，真是太興奮了！光華商場每一家書店我都摸熟了，我甚至因此有了某種特異功能。後來我在主持遠流博識網的時候，「偷渡」了一個「珍品交流道」，專門提供舊書訊息。我的特異功能是，有哪個人要找哪一本書，我可以跟他講：「光華商場右邊入口往第五家右轉進去，再右轉，由下往上大概在第五排的地方，就可以找到你要的書。」屢試不爽！

我對光華商場實在太熟太熟了，當你跟我講你要哪一本書，我腦海裡自然會出現它放在書架上的哪個位置。

那時候光華商場十點開門。我早上上完課就會去，中午吃完飯又去逛，晚上下課又去逛，一天大概去三、四次。我不想上課的時候，也會去。那時候上課很無聊，我也會帶幾本書去看。

我逛光華商場逛到什麼書都看，也讀了一大堆爛書，但讀到後來，也就知道什麼是好書，什麼是不好的書。我那時候看書已經看到把「文星叢刊」、「今日世界叢書」全部都蒐齊了。一套「文星叢刊」裡，有小説、有政論、有歷史，文史哲全都有。我買了兩百多本，至少也看完了一百多本。等到我去念大學歷史系的時候才發現，原來很多我已經知道的，別人還不知道。

臺北工專應該是五年畢業，但我念了六年。前三年應付功課不會很吃力，可是到了三年級出現微積分，就很麻煩了，四、五年級我就不行了。念到最後一年，搞成了三修補考。

無法接受只有「國中」學歷

那時學校對我來説沒什麼特別意義，我只要畢業就好。其實如果不是因為身分證上有教育程度那欄，我根本也不會關心有沒有畢業。但我還是為了那兩個字——虛榮，努力的把臺北工專念畢業。因為只要想到，身分證上教育程度那欄填的是「國中」，這是我無法接受的！

那時候我已經讀到第六年，要三修補考了。如果三修補考沒過，等於整個學歷都沒了。而且我也考上預官，如果沒有畢業，只能去當大頭兵，大頭兵要站崗，不能好好睡覺，這個我可不要。

驚醒的那一刻是我發覺，下個星期已經要三修補考了，而我還在那邊看小說！突然一陣風吹過，我覺得不太對勁，應該要讀一讀書。於是，大概背了四題考古題，就是硬背，最後對了兩題，學校就讓我過了。如果沒有那張畢業證書，也會很慘，有了這張畢業證書，我後來才能去念政大歷史系、臺大研究所。

回首看看臺北工專這六年，青春正年少，我的功課有壓力、人生也不算順利，光華商場是讓像我這樣的人，有個可以逃脱的地方。書中有顏如玉、有黃金屋也許是騙人的，但讀書至少有個好處，讓我們在面對挫折的時候，有個迴轉的空間。

窩在光華商場的那六年，是我人生很多養分的來源，到現在我都還在依賴這些養分維生。

◎採訪整理・許芳菊／摘錄自《親子天下》第三十一期

啟蒙人物故事館 傅月庵

人物看板 傅月庵

本名林皎宏，另有筆名蠹魚頭。曾經擔任遠流出版社編輯，遠流博識網主編，是臺灣出版界的傳奇人物，寫作為數不少的評論、札記，介紹其對書、書市發展的觀察與看法，對臺灣出版界有一定影響力。因為熱愛舊書，二〇〇八年起擔任茉莉二手書店執行總監，將二手書店經營帶向一個精緻化的走向。

焦點報導

★ 曾經手多位知名作家如柏楊、董橋、白先勇等人之著作。

★ 第一個與讀者大眾直接在網路上，面對面討論、交手的編輯人。

★ 二〇一二年創辦「短篇小說」雙月刊，為短篇小說創作者提供發表平臺。

他／她的學習密碼

「我逛光華商場逛到什麼書都看，也讀了一大堆爛書，但讀到後來，也就知道什麼是好書，什麼是不好的書。」

「讀書至少有個好處，讓我們在面對挫折的時候，有個迴轉的空間。」

故事延長線

★ 回顧你的成長歷程，在這個環境裡，你曾獲得什麼樣的養分？

★ 年輕的傅月庵在書裡找到可以逃脫的地方，面對挫折時，你也有一個自己的避風港嗎？

★ 傅月庵在不順利的日子裡，意外在舊書堆裡找到自己的養分，找到自己人生的出路，這帶給你什麼樣的啟示？

賴芳玉
小書局裡的寬廣世界

窩在書的世界裡很快樂。閱讀培養出我獨立思考的能力，可是我看到學校老師在乎的只是優勢學生，他們並不想幫助我。「有教無類」，對我來講是一種諷刺。

小書局裡的寬廣世界

賴芳玉／律州聯合法律事務所律師

我在桃園出生，父母都説臺語，沒有念幼稚園就直接進小學。那時候講臺語要被罰錢，但我根本還沒機會學國語。因為不希望被處罰，我選擇不説話。

在學校裡沒辦法多説話，讓我變成學校裡的觀察者。我觀察到家裡有錢或鋒頭很健的優勢學生，不但朋友多，老師也特別喜歡他們。老師對功課好的學生特別好，而沉默、文靜的學生很容易被孤立、排擠，也沒有朋友。小學的時候，沉默填滿了我在學校的日子，我在學校是疏離、孤單、沒人協助的。

在書中找到自己的世界

那時候我非常喜歡閱讀，讀了羅家倫寫的《新人生觀》，還有《居禮夫人傳》、漫畫等各式各樣的書。去住家附近的小書局看書，是我的喜好。因為我有很多困惑，書的世界很安全，也有很多答案。在學校，沒有人可以解惑，父母也很忙，可是我會從書裡頭摸索出一些答案。例如我喜歡《飄》這本小說，女主角個性很堅毅，堅毅這件事情是我很認同也很崇拜的特質。又如，我喜歡看《尼羅河女兒》，就延伸去看有關法老王的歷史故事。國中開始迷三毛，她書裡面流浪的特質非常吸引我，讓我知道外面的世界非常精采，不是只有考試、升學、苦悶的日子。

窩在書的世界裡很快樂。閱讀培養出我獨立思考的能力，可是我看到學校老師在乎的只是優勢學生，他們並不想幫助我。「有教無類」，對我來講是一種諷刺。

那時候我想，如果老師只是要考試考得好，對我來說不難。國中開始我就拚命念書，一直拿獎學金、當模範生，但我心裡對這一切都感到可笑。我原來只是想測試一下我的假設：「只要功課好，老師就會喜歡你、同學自動會來找你。」結果在學校裡原來真的是這樣！

以我自己的經驗來看，學校根本沒有給我什麼，只給了我一堆憤怒跟不平等。這種憤怒跟不平等，也促成我後來成為一個為弱勢爭取權益的律師，因為我小時候在學校就是弱勢者。我最想做的就是替弱勢者講話，或是幫沉默不善於表達自己的人發聲。我比別的弱勢者幸運的是，我能夠自我學習，自我學習讓我可以找到答案，也找到解決問題的方式。

◎採訪整理．許芳菊／摘錄自《親子天下》第三十一期

啟蒙人物故事館
賴芳玉

人物看板　賴芳玉

賴芳玉律師專長是處理家庭暴力、性侵害、婚姻等案件。她長期關懷受暴婦女案件，總是不計酬勞、不怕壓力的為受暴媽媽與孩子們挺身而出、奔走訴訟。對於處境更為艱難的受暴外籍新娘，更總是不吝伸出援手，即使在訴訟結束之後，也會持續關注她們的生活。將暴力驅逐出家庭，保障婦女與孩童的人權，促進兩性平權，是她一直在追求的理想。

焦點報導

★榮獲內政部表揚為九十三年推動家庭暴力暨性侵害防治有功人士。

★長期為弱勢孩童、婦女奔走，現任內政部家庭暴力及性侵害防治委員會委員、現代婦女基金會受暴婦女訴訟扶助委員會召集人。

他／她的學習密碼

「我有很多困惑，書的世界很安全，也有很多答案。」

「學校根本沒有給我什麼，只給了我一堆憤怒跟不平等。這種憤怒跟不平等，也促成我後來成為一個為弱勢爭取權益的律師」

「我比別的弱勢者幸運的是，我能夠自我學習，自我學習讓我可以找到答案，也找到解決問題的方式。」

故事延長線

★ 在你的成長過程中，曾經遭受過不平等的待遇嗎？過程中帶給你的感受是什麼？

★ 賴芳玉在書本中開啟了廣大的世界。你也有自我學習的管道嗎？那是什麼？

★ 小小的書局是賴芳玉的避風港，遇到挫折時，什麼地方是你的避風港？為什麼？

王文華
那堂吱吱作響的作文課

寫這篇文章我才發現，不管我寫過多少故事、出過多少本書，在我最渾渾噩噩的時候，是黎老師發現了我。她上的那幾堂課，也許年深久遠，印象漸漸泛黃；但沒有她，就沒有今天的我。

那堂吱吱作響的作文課

王文華／暢銷童書作家

高中時，我讀夜校。

白天上班很累，晚上讀書，常打瞌睡，說讀書是好聽，混的成分居多。

因為我連高中文憑都沒有，只能在工廠做最簡單的工作，把一個個電阻放進電路板。至於電路板要做什麼用，我不懂，也不想弄懂。

日子很簡單，就是上完班，坐校車去教室睡覺。放學了，跑到夜市吃碗三姊妹陽春麵，如果有閒錢加顆滷蛋，就是最完美的一天。

本來以為，這輩子就這樣了吧：平平穩穩的等夜校畢業，認命的找間工廠，娶太太生小孩；穿著拖鞋和短褲去逛夜市，那就是我當年認知的幸福。

遇見生命的貴人

二年級的國文課，碰上一位剛教書的黎老師，年紀很輕，上起國文課，聲如洪鐘，我才剛剛瞇一下，「起來。」她就在我耳邊大吼。我勉強睜開眼睛，她瞪著我，要我站起來解釋課文，全班都笑了。

以前，沒有老師會叫我們解釋課文的。他們總是自顧自的把課文講完，我們愛聽不聽，愛睡不睡都可以，沒像她，這麼凶。

我懶洋洋的看了一眼，是歐陽修的〈縱囚論〉。講的是唐太宗放了一批死刑犯回家，臨行前約定，要死囚們一年後回來引頸受死。本是件美事，歐陽修卻說，上下交相賊，太宗知道死囚犯一定會回來。因為回來後，皇帝一定會釋放他們，證明自己教化人民有功。

課上完，老師規定我們回家寫作文，題目就叫「論縱囚論」。班上一片哀號，震得日光燈管亂晃，我們連課文都聽不懂了，哪能論，論什麼呀？

「那……寫我的好朋友吧！」黎老師大概沒料到這種場面。全班又笑了，這種題目從國小寫到高中，好發揮。

「反正我們也寫不出來嘛！」還有同學說。

老師臉上，閃過一絲不信、不屑、不捨和不知所措的複雜表情。

我自己舉手：「如果我想寫呢？」老師搖搖頭：「你寫不出來的啦。」

衝著老師的話，回到工廠通鋪宿舍。我怕吵醒同事，抱著文房四寶，靠在窗邊，在外頭路燈的照明下，很認真的想寫「論縱囚論」。

路燈明亮亮，幾隻飛蛾好奇的看著；我倒了墨汁，拿起毛筆，寫完題目後就不知道再來怎麼論了。沒有資料，論不出來。隔天，向工廠請一天假，帶兩顆饅頭到圖書館查資料。查了一天，滿頭霧水。好吧，再請一天假查書，把跟唐朝有關的書全搬到研究桌上仔細看。說看，其實也看不太懂。《全唐書》、《太宗起居注》都是文言文，不懂的地方就亂猜。最後，總共請了三天假，終於把文章寫完。

直到現在，我都還記得那篇文章的立論：歐陽修錯了。唐太宗抓的全是政治犯，他不是鬧了玄武門之變嗎？殺了自己的弟弟和哥哥。這批死刑犯其實都是哥哥弟弟的結拜兄弟，很講義氣（瞎猜的），造反不怕殺頭。太宗讓他們回家，他們就高高興興回家，時間到了再豪氣干雲的回來慷慨就義。為了表示高竿，我還用文言文來寫，得意洋洋的交出去。

獲益良多的「課後詳談」

等黎老師再上課，已是一個星期後，我的作文發回來，後頭就落四個紅字：課後詳談。

我想，老師大概還想罵我吧？

下了課，同學都走了，黎老師說：「你寫得很用心，不過，錯誤實在太多，貞觀和開元都是唐太宗的年號？你是不是查錯了？」

放學了，老師牽著腳踏車和我邊走邊講。從省議會到街上，教我怎麼找資料，開了書單要我讀。臨走說完再見，我轉身，她突然叫住我：「好好努力，我覺得你的能力，不只在這裡。」

「是嗎？」

那晚，我沒睡好，老師的話在心裡蒸騰翻攪。

高二夜校的國文課，開始成為我最期待的課，老師出一篇「雨天」的作文，我用毛筆寫了半本小說。課後詳談。她又在最後寫道。

老師要我們為自己寫自傳，我把一本作文全寫滿了。課後詳談，變成老師和我之間的默契。印象最深的一次詳談，她請我上牛排館。那還是我第一次上牛排館，連刀叉都不會拿，就在香氣滾滾，牛排吱吱作響的餐廳裡，她又替我多上了一堂作文課。

很多年過去了。寫這篇文章我才發現，不管我寫過多少故事、出過多少本書，在我最渾渾噩噩的時候，是黎老師發現了我。她上的那幾堂課，也許年深久遠，印象漸漸泛黃；但沒有她，就沒有今天的我——她是我的寫作啟蒙老師，黎憶湘老師。

◎文．王文華／摘錄自《親子天下》第三十一期

啟蒙人物故事館
王文華

人物看板　王文華

王文華是一位國小老師，他的另一個身分——暢銷童書作家，則更為人所熟知。王文華擅長用幽默的筆觸，加上長期在校園中的觀察與體驗，他的校園故事細膩寫出孩子的天真與可愛，貼近孩子的生活，他的童話更是天馬行空、創意無窮，深受小朋友的喜愛，是許多兒童刊物與國小課本裡的常客。

焦點報導

★至今出版童書五十多冊，以童話創作為主。

★曾獲國語日報兒童文學牧笛獎、九歌現代兒童文學獎、陳國政兒童文學獎、臺灣省兒童文學獎等，更曾多次榮獲金鼎獎，得獎紀錄輝煌。

他／她的學習密碼

「好好努力，我覺得你的能力，不只在這裡。」

「在我最渾渾噩噩的時候，是黎老師發現了我，啟蒙了我的寫作。」

故事延長線

★ 你相信自己也是一個擁有無限潛能的人嗎？

★ 對你而言，人生的幸福是什麼？最完美的一天又是什麼樣子？

★ 當你遭遇否定時，你會努力證明自己還是自暴自棄？

蘇國垚

24歲，失落的愛情

那一年的當頭棒喝，讓我調整心性。我依然有樂觀自主的靈魂，但是，對人生有更長遠的眼光，對自我有更扎實的要求。

24歲，失落的愛情

蘇國垚／國立高雄餐旅大學旅館管理系助理教授

從小功課壓力不大，看世界的窗口倒是不小。

小時候家住在汐止，以前是鄉下。祖父開煤礦，爸爸有十五個兄弟姊妹，在占地兩千坪的家裡，四個家族住在一起，儼然是一望族。

爸媽受的是日本教育，小時候聽慣媽媽唱日本兒歌、講日本童話。

爸爸是公務員，在過去的美援會上班。當時很多美援物資到臺灣，家裡常有一些歐美的東西，記得有一本講羅馬建築的書，很厚，我常常翻，覺得西式建築很美。還聽唱片，在臺式三合大院裡，放送貝多芬的交響樂。

在西洋和東洋風交流下，我家不能說洋化，但是不那麼避世。

父母很自由，傳輸給我們的東西也比較不制式。我爸爸很「趴」（臺語時髦的意思），會講英文，那時候很少人穿風衣，他就披個風衣，帶我們去萬國戲院看電影。

他還常常拎著我們到處走。那是民國五十七年，墾丁還沒那麼樣的開發，爸爸帶我們去高雄，包計程車去墾丁，住在華王飯店，正好是飯店開幕典禮，氣派又熱鬧，生平第一次住觀光飯店，我印象非常深刻。

爸媽很勇於嘗試新東西。當時覺得鄉下受教育沒城裡面好，就全家搬到臺北來。可是「牛牽到北京也是牛」，不願意念書的，走到哪兒都一樣！

被爸爸「騙」去讀觀光

我家沒有升學壓力，搬到臺北是給我們機會，補習照補、家教照教，可是從來不逼迫我們。

小時候很皮，跟同學去偷人家種的東西，和人家打架、放狗咬人，媽媽處罰，我還嘻皮笑臉；等爸爸出面，就被狠狠修理，皮帶啊、蒼蠅拍手把都打到扭曲。他們在意我行為是不是偏差，可是從來不因為功課不好而打我。

很多父母會拿巷子口的誰、鄰居的誰，或是親戚裡某某的成績，來跟孩子比較。我們家族裡很多人書都念得很好，對我來說，那是他們的事，因為爸媽從來不拿我們去比較。

他們讓我覺得，每種人生都可以自在快樂，不一定要為單一價值擠破頭。

可是，樂觀的性格、自在的靈魂，沒辦法讓我進所謂的好學校。大專聯考放榜，只考上淡水工專，爸爸把我找來，討論要念什麼科系。當時我才十五歲，他問：「你要念什麼？」我說不知道。他說：「你不喜歡念什麼？」我說數學、經濟、電腦、會計，只要用腦筋的我都不要。他說：「好，觀光科！」

爸爸告訴我，念這一科畢業後就是環遊世界，做空少、導遊、領隊，不然就在飯店裡面吃喝玩樂。結果我被他騙了。進去以後，數學、經濟、會計、統計，我不要的統統都有。可是淡專很多實務界的老師，像是國賓飯店的詹益政老師、經營上島咖啡的黃溪海老師。他們與顧客交手的故事，環遊世界的人生閱歷，真的讓我心嚮往之。

淡專五年，快樂得不得了，那時候我就是一個嬉皮。留長頭髮、穿破褲子，還因為開舞會，被警察抓去。可是，女朋友的爸媽不喜歡我，覺得觀光是藍領工階，女兒如果嫁這個人就沒救了，所以帶女兒遠走國外，移民美國。

我很想挽回，就回家跟我爸講：「爸，我要去美國留學！」我慷慨陳詞——我們蘇家，從清道光十八年到現在，叔叔、姑丈、叔公，很多人到日本留學，可是沒人到美國留學。爸爸覺得留洋是一件值得炫耀的事，便全力支持。

為什麼人家看不起你？

記得出發時，到松山機場送機的，除了我們全家六口，還有一大堆親戚，哎，人之多啊！因為，我是第一個去美國留學的蘇家子弟。

可是一到美國，女朋友便對我說，她要去嫁人了。

其實還沒去之前就已經意識到，但是心裡還堅持著一絲挽回的可能。第一次覺得自己是失敗者。失戀，讓很多人輕生。我站在游泳池旁，掏出皮夾、脫掉鞋子，縱身一跳，我沒有自殺，只是想讓自己清醒一下。攀牆摸壁的爬出池子後，我問自己，為什麼要這樣子？為什麼人家看不起你？為什麼你沒有機會？為什麼會落到這個地步？那是深遠的震撼，如果一輩子都沒有受到刺激打擊，我可能，就開心混一生吧！

那一年我二十四歲，開始為自己認真學習。每天只去三個地方，宿舍、圖書館跟教室；週末會跟同學去運動一下，或坐公車去中國城吃一點東西再回來。就這樣在美國，持續苦讀三年。只是念書，當然未必融會貫通，真正的學習成長，是工作以後的許多領悟。

但是那一年的當頭棒喝，讓我調整心性。我依然有樂觀自主的靈魂，就像我沒有放棄別人認為很辛苦的觀光事業，但是，對人生有更長遠的眼光，對自我有更扎實的要求。

◎採訪整理・陳慧婷／摘錄自《親子天下》第三十一期

啟蒙人物故事館 蘇國垚

人物看板　蘇國垚

美國加州州立大學餐旅管理學士。三十六歲時曾任臺北亞都麗緻大飯店總經理，為當時臺灣最年輕的五星級飯店總經理，並被視為旅館界龍頭嚴長壽的接班人。為一圓教學夢，毅然離開旅館業轉戰教職，累積多年的實務經驗與創意教學，深受學生歡迎與肯定。

焦點報導

★曾任大億麗緻酒店、永豐棧麗緻酒店、亞都麗緻大飯店等國內頂級飯店總經理。

★優秀才華曾被視為旅館界名人嚴長壽接班人。

他／她的學習密碼

「每種人生都可以自在快樂，不一定要為單一價值擠破頭。」

「只是念書，當然未必融會貫通，真正的學習成長，是工作以後的許多領悟。」

「那一年的當頭棒喝，讓我調整心性。對人生有更長遠的眼光，對自我有更扎實的要求。」

故事延長線

★ 在你的成長過程中，是否也曾經歷過當頭棒喝的時刻？這個經驗給你什麼樣的改變？

★ 你想要追求、願意付出努力的人生價值是什麼？

★ 你有過失戀的經驗嗎？你如何走出這個過程？

郝玲妮
警察爸爸揭開知識大宇宙

越神祕、越未知，就越激發我的好奇心。我覺得文史可以自己涉獵，但數理這個殿堂需要有人引導，去體驗那裡頭的豐富性。數理是我唯一能夠抓住的真理，沒有任何含糊不清的地方，對我來講就是永恆。

警察爸爸揭開知識大宇宙

郝玲妮／中央大學太空科學研究所教授

作為四年級生，我從小喜歡抽象事物，不太喜歡普通、看得到、摸得到的東西。小時候並不了解科學是什麼，但喜歡在家裡的小陽臺看月亮和星空，感受到人類渺小，宇宙浩瀚。小學時也畫洋娃娃，又剪剪貼貼替娃娃做衣服，花很多時間建立自己的夢幻王國。我一直處在一個心靈很自由的情境下，有很多自我的空間，父母都很忙，沒有人說你該念書了，該學這學那。

連結世界的窗口

我出生那年（一九五七年）人類發射第一顆人造衛星。那個年代知識來源很有限，很羨慕同學有哥哥姊姊，可以講點高中、大學的事。但我是老大，我家一直住在警察宿舍，周邊都是不太念書的警察子弟。我的知識來源就是爸爸，他是我連結世界的窗口。雖然警察薪水微薄，養五個小孩很辛苦，但他很關注國際新聞，不斷閱讀。爸爸很忙，一年才休假幾天，但有空就去當時臺中最大的中央書局買書，還告訴我這些書很棒。他能夠回家吃晚飯時，我們會討論很多世界新聞，越戰、反攻大陸等。那時家裡訂《中央日報》，爸爸會推薦我看很多好文章。

六年級那年，爸爸告訴我，人類要上太空了，不用擔心考初中了（我是國中第二屆，九年國教也是大事）。我那時還不知道月亮為何一直跟我們走，也不明白為什麼電視裡有人。但我看到爸爸的興奮，知道人類登月是件大事。

登月那天是實況轉播，爸爸要我趕快來看阿姆斯壯登陸月球。印象中就是黑白電視收訊不良的那個畫面。那時我相信嫦娥奔月、月亮上有小兔子。我很想看月亮上有什麼東西，卻只看到一片荒涼，背後一片夜空，當下滿錯愕的。好像是一種童話和實際的對比，我很困惑，但沒有跟任何人講。一直記得阿姆斯壯踏上月球那幕，聽到他講「我的一小步是人類的一大步」。那時當然不知道月球的地心引力只有地球的六分之一，只看到他走路有點飄浮，當然也不知道上太空這過程有多艱鉅，要克服多少問題。

抓得住的真理

越神祕、越未知，就越激發我的好奇心。因為從小在數學上很有優勢，我可以花很多時間去閱讀各類文學、哲學作品。我覺得文史可以自己涉獵，但數理這個殿堂需要有人引導，去體驗那裡頭的豐富性。數理是我唯一能夠抓住的真理，沒有任何含糊不清的地方，對我來講就是永恆。

直到高三學物理，才知道蘋果為何會掉下來，月亮為何會繞地球轉、地球為何繞太陽轉、人造衛星為何繞地球轉，整個才串在一起。從登月那幕到我太空知識的建構並不是一條鋪好的路。物理老師讓我看到如何用簡單數學公式去描述複雜自然現象的科學奧祕，所以大學聯考時我把所有和物理有關的科系都填在前面。直到大四學太空物理，才進一步了解物理在太空的應用。從中央大氣物理系，到美國萊斯大學的太空物理及天文研究所，我發現，太空宇宙是發揮我想像力和創造力的空間，可以滿足自己對人文和自然科學的嚮往。

在擔任中大太空科學研究所所長時，我創立國內第一個實驗室，主要是做太空儀器，提供國家衛星使用。我們有很多計畫，花很多錢用國外的技術，但我認為我們應該培育國內的人才，整合全國的科學和工程去實踐，給下一代一個願景。

◎採訪整理．賓靜蓀／摘錄自《親子天下》第三十一期

啟蒙人物故事館 郝玲妮

人物看板　郝玲妮

中央大學太空科學研究所教授，是太空物理學界少數的女性科學家。中央大學畢業後，前往美國萊斯大學攻讀太空科學，獲得博士學位後，在達特茅斯大學工作六年，一九九三年回到中大任教。二〇〇二年成立「衛星酬載發展實驗室」進行人造衛星儀器研發，製作出國內第一個衛星太空儀器。

焦點報導

★催生國內第一個衛星酬載發展實驗室，成功研發出國內自製儀器，由探空四號火箭載入太空，令國際刮目相看。

★曾榮獲九十九年度國科會傑出研究獎。

他／她的學習密碼

「我的知識來源就是爸爸，他是我連結世界的窗口。」

「文史可以自己涉獵，但數理這個殿堂需要有人引導，去體驗那裡頭的豐富性。」

「太空宇宙是發揮我想像力和創造力的空間，可以滿足自己對人文和自然科學的嚮往。」

故事延長線

★ 在你的成長過程中，最重要的知識來源是什麼？

★ 文史與數理你比較喜歡哪一個領域？哪一個領域又比較能讓你得心應手？

★ 越神祕、越未知，就越激發郝玲妮的好奇心。對你而言，什麼事物可以激起你的好奇心，讓你會想要不斷努力去揭開其中的奧妙？

顏擇雅
我的白色恐怖經驗

等我讀過許多白色恐怖回憶錄，才知道自己的經歷正好與別人相反。別人的經歷都很恐怖，所以才叫白色恐怖，我的卻正好幫我消除恐怖。幸好有跟白色恐怖沾上這點邊，才一筆勾銷我那兩年累積的許多不快。

我的白色恐怖經驗

顏擇雅／雅言出版社發行人

一九七九年三月，我讀小六，某日午休時間，修女把我叫出去，帶到一個密室，裡面僅有一名穿青年裝的陌生男子。教務主任說叔叔有些問題要問我，就留下我與對方獨處。

陌生男子嚴肅但不失友善，要我把名字寫給他看，然後就問我一串問題，並把一切問答都工整的抄在筆錄中。一開始是問我身家，爸爸媽媽哥哥年紀、學歷、職業，都問得一清二楚。問完我家才切入重點，問起我的級任老師。

我的級任老師當時年未四十，教學相當認真，在那所知名的貴族小學算是名師。在我升小五的暑假，爸媽特別請託校內有力人士，才讓我在重新編班時被編進他那班。這位老師有一點非常了不起，就是在不重視閱讀的年代，他非常重視閱讀。他在黑板旁放置一個書櫃，當做我們班的專屬圖書館，裡面有許多中國古典小說、知識性書籍。拜他大力推介之賜，不少同學小小年紀就讀完白先勇的《臺北人》。

恐怖名師

不過，這位老師會被公認是名師，卻與推廣閱讀無關，而是他要求很嚴，很會體罰。我說他很會體罰，不只是他打得特別凶，打斷多根木棍，還因為他有很多獨門祕技。一是罰學生半蹲，就是雙手向前方平舉，膝蓋下彎九十度，這姿勢保持不到三分鐘就會雙腿發抖。另一個酷刑是咬木頭，一截木頭三公分，塞進上下顎之間咬住，嘴巴無法合攏，沒多久就會口水直流，下巴痠麻不堪。那截木頭被那麼多孩子咬過，卻一直沒有消毒，很不衛生。但男生最怕的絕對是第三種，就是捏蛋蛋，總是慢慢用力，捏到將破未破為止。

老師比較喜歡體罰男生。對女生，他喜歡叫去面談。像我從小就讀很多課外書，每次被叫去不外是要聽他聊書，也受他關心一下我的閱讀進度。他一臉慈愛，嘴巴說關心我們的閱讀狀況（或交友狀況、家庭狀況），這時手就伸進裙子了。有的女生不願接受「手談」，故意後退一步，他還會攔腰把你拉回去。女生私下聊起他的摸腿癖都咬牙切齒。

為什麼沒人跟爸媽反映？原因，就跟今日霸凌當事人的爸媽總最後一個知道一樣。十一歲的腦袋本來就不認為爸媽可以理解自己感受，也不希望爸媽來學校生事。何況在威權時代，爸媽總相信天下無不是的老師，孩子就更不願意跟爸媽抱怨老師了。

「白色恐怖」帶走恐懼

調查員問我級任老師的事，問的是「老師有沒有說過政府壞話」。我答沒有，他眼光狐疑：「要說實話喔。再仔細想想，老師在課堂上有沒講過政府什麼？」當時離臺美斷交才三個月，中小學都在學習《南海血書》。十一歲的我當然知道講政府壞話是嚴重的事。問題是老師從沒講過政府壞話，所以我只能答沒有，暗暗奇怪對方問的怎麼不是「老師是不是變態」或「是不是色狼」。

盤問終了，我被要求舉手發誓，說我講的全是實話。也發誓一定保密，不告訴任何人我被約談，被問過什麼問題。對同學，對爸媽都不准講。

後來我注意到每天午休，都有一名同學被修女叫出去，兩個鐘頭後回來。大家都沒講開。直到五月某一天，輪到老師被叫去，也是兩個鐘頭後回來，進門就大吼：「你們，你們哪個王八蛋，竟然去密告我是匪諜！」他眼含淚，全身發抖，開始狂丟粉筆擦、課本，「你們王八蛋！」全班看著他，沒人低下頭。

畢業典禮已經很近，他從此就有點意興闌珊，不面談不摸腿也不體罰了。僅有一次，他要我們交B作業卻講成A作業，所以我們都交出A作業，但他不承認講錯，當下就要全班去外面走廊罰跪半個鐘頭。

三十年後，要等我讀過許多白色恐怖回憶錄，才知道自己的經歷正好與別人相反。別人的經歷都很恐怖，所以才叫白色恐怖，我的卻正好幫我消除恐怖。幸好有跟白色恐怖沾上這點邊，才一筆勾銷我那兩年累積的許多不快。如果沒有某同學的天才奇想，去告假狀，可能我到今天還在做惡夢。當然還有另一個如果，就是如果那位老師並不變態，我這篇文章的主題可能就是「一位啟迪閱讀的老師」。

◎文・顏擇雅／摘錄自《親子天下》第三十一期

啟蒙人物故事館
顏擇雅

人物看板　顏擇雅

美國加州大學柏克萊分校比較文學系學士。曾任《民生報》、《中國時報》、《英文臺北時報》專欄作家。二〇〇二年創辦雅言出版社，是國內少見的「單人出版社」，從選書、編輯到行銷，全部一人包辦，精準的選書與行銷能力，讓該社的出版品屢屢成功引發話題，本本皆為熱門暢銷書。

焦點報導

★ 曾獲第八屆梁實秋翻譯獎。

★ 雅言出版社出版第一本書《中國即將崩潰》，震撼市場，獲選金石堂二〇〇二年「十大最具影響力的書」。

★ 與作家張大春共同主持「張大春泡新聞．Joyce 時間」，發表對各種議題的最新看法，深受聽眾歡迎。

他／她的學習密碼

「在不重視閱讀的年代，他非常重視閱讀。他在黑板旁放置一個書櫃，當做我們班的專屬圖書館，裡面有許多中國古典小說、知識性書籍。拜他大力推介之賜，不少同學小小年紀就讀完白先勇的《臺北人》。」

「別人的經歷都很恐怖，所以才叫白色恐怖，我的卻正好幫我消除恐怖。」

故事延長線

★ 當你遇到霸凌事件或者老師有不正當的舉措，你會怎麼處理？

★ 所謂的白色恐怖是怎樣的一段歷史？

★ 你認為父母親可以理解自己的感受嗎？如果在學校裡發生不愉快的事情，你會願意對他們訴說嗎？

林聖淵
串聯「全球街舞」，重溫青春夢

從小愛跳舞，原本只是愛現、耍帥，在清大熱舞社，他找到在各式音樂裡，舞動身體的快樂。他是少見畢業不當工程師，反而選擇教街舞的六年級生，他有什麼心路歷程？

串聯「全球街舞」，重溫青春夢

林聖淵／舞蹈老師

「〈Get Down〉不只是一支舞，它是一個精神，一件你認為很瘋狂、不適合我這個年齡去做……但是如果做出來了一定會很屌的事情！」

——Kop老師

二○一一年聖誕節前夕，YouTube上一段影片，讓很多人再次重溫大學時代的熱血青春。兩百多位歷屆清華大學熱舞社的社員，透過新好男孩的歌曲〈Get Down〉，進行一場「全球街舞大合跳」。很多畢業超過十年的社員，利用工作之餘自行練舞，然後藉出差、旅行，「走到哪兒、跳到哪兒、拍到哪兒」。

本來只是聯誼社員的小型活動，到後來卻因為臉書串聯，成為橫跨歐、亞、美、非洲的全球性創新行動；原來只是希望再一次喚醒畢業後被生活壓抑的生命熱情，至今卻感動了超過三十萬會跳和不會跳舞的觀眾，包括一位原本反對明星高中女兒跳街舞的媽媽，就因此改變態度。

這顆越滾越大的熱血魔球，由三位靈魂人物形塑而成。現住美國北卡的第五屆社長小飛（許妍飛）十年構思、負責聯繫協調，「松鼠」陳炫全花一年時間剪接，而負責選曲和編舞的，是畢業社員中、唯一一位專業舞者Kop（林聖淵）。

從小擅長、喜歡跳舞的Kop念清大工程科學（原核工），畢業後並沒有理所當然的進園區當工程師，反而進入健身房教街舞，但仍須承受「教舞不是正常工作」的壓力。Kop身材修長，講話很快，儘管舞蹈這條路走得有點曲折，今年三十三歲的他，慶幸自己最終聽從了心裡的聲音。

Q：〈Get Down〉感動很多人，你們是怎樣開始的？

A：畢業後，跟幾個社員偶爾有聯絡。在美國生活的小飛學姐一天到晚看舞蹈教學節目，寫部落格，跟我的做連結。後來我們在臉書上成立一個熱舞社社群，竟然一下子就有兩百人登錄。所以當小飛問我可否編一支舞給畢業、未畢業的大家跳時，我心想這有什麼難的？因為編舞對我來說，跟吃飯一樣正常和簡單。畢業已十年的人很久沒跳舞了，如果我能做些什麼讓他們再次開心跳舞，我就還有一點貢獻。

我很快就決定用〈Get Down〉這首歌，那是我大一第一次跳舞的歌，我很喜歡。然後我把舞步拍成教學錄影帶，由小飛負責傳出去給大家練。那時想頂多四、五支傳回來，沒想到越來越多，越搞越大。小飛太強了，她負責聯繫執行，美東的人集合到華盛頓一起跳，有學長姐去中國出差、去非洲旅遊，小飛也強迫他們要拍下來。

我們在臺灣也不能輸。弄了新竹版，就要臺北版，做出捷運站上班族的感覺、開車的感覺，在臺北美麗華摩天輪跳時很多人看，有點丟臉，但二十幾個人一起就沒在怕的。結果從全世界傳回來一百多支影片，NG超好笑，很多梗。另一個夥伴松鼠負責剪接，為此還特別去買一臺功能最強的電腦。我們沒有隨便放影片，還上英文字幕，讓老外也看，而且要在同一時間發片。沒想到四個電視臺都來採訪，超猛的。我們希望做到讓對跳舞沒興趣的人也想看，引起更多共鳴。

Q：你從什麼時候開始跳舞？

A：我是那種只要看到臺子、桌子就一定會跳上去的人，從小就愛現、愛出風頭。國小五年級開始自學跳舞，從小虎隊、草蜢隊、杜德偉、洛城三兄弟，一直到麥可．傑克森，看電視亂學。每年過年一定要跳舞給阿公阿嬤看；同學會、班會也一定表演。當大家都在打籃球時，我就在家看錄影帶練跳舞。全校前三十名畢業，但我考得不好，後來就讀家裡附近的私立高中。

這高中籃球風氣很盛，但我只喜歡跳舞。那時大家崇拜的是麥可．喬丹，不會打籃球的男生就是廢物一個；但我不用承受那些眼光，我自己去找舞臺，跳舞給女生看。籃球比賽中場要啦啦隊跳舞，我就去跳。沒有舞蹈社只好加入國術社練特技。我也去別校參加舞會，到附中看到熱舞社練舞好羨慕。我們學校辦舞會很保守，女生先進去跳一小時出來，再換男生去跳，比當兵還過分。

高中太壓抑，到清大完全大爆發。大一時什麼都玩，每天都在跳舞，練舞練到半夜，再去吃宵夜、談心，唱KTV到天亮，沒睡覺就去上第一堂課，還走錯教室。那時也到處把妹卻都失敗，後來忙熱舞社就很拚，一心想衝，帶頭尬舞。

儘管從小跳舞，但是到了大學才真正有學長姐教我，知道所謂街舞、嘻哈（Hip Hop）是什麼。那時新竹資源少，還來臺北學街舞。

Q：何時將跳舞當成職業？

A：我念的大學科系進去時叫核子工程系，第二年改為工程科學，但不管叫什麼，學理工很無聊，又因為不想當兵，所以很瞎的跟別人一起去考電子所。根本不喜歡但又跟人家去，這是我最大錯誤，因為找不到自己的興趣。結果兩年考不上，第三年決定報考中原大學的研究所，就上了醫學工程。

其實，在準備考研究所的第二年，我就開始教舞了。我陪姊姊去加州健身房上課，上課後爸爸問我如何，我說課程很好但老師很爛。他說：「你街舞不是跳很好嗎？為何不去當老師？誰規定大學生不能在健身房教舞？」那就變成我的第一份工作。

我就一直在那裡教。即使國防役四年期間我在太極動畫當工程師寫程式，做過故宮「國寶總動員」等案子，晚上仍瞞著老闆在加州兼差。本來只有三門課，後來我教得很好，一直加課，到第四年時我教舞的錢已經超過工程師薪水了。本來想好好當工程師，但工程師太無聊了，而且壓力太大，寫程式出問題三更半夜還要去改，這太累了。我那陣子每天等著去教舞。為何有那麼多人來跳〈Get Down〉？就因為做工程師太無聊了。

Q：爸媽對你跳舞的態度是什麼？

A：我做什麼我媽都反對，她太保守，她希望我是公務員、醫生。但我爸的教育非常成功，他很開明，認為你想玩什麼就去，但要做到最好。

他對我們姊弟的口才很要求，會在中秋烤肉的公園裡叫我們發表演講練膽量。不過他也很矛盾，是他叫我去取代那健身房的舞蹈老師，但有一天他也問我為何不去找一個正常的工作？我想他是不要看到我懶散的一面，要我有積極的樣子。

走上跳舞這條路，我媽有一陣子不想跟同社區的家長聯絡，因為大家感情很好，每年都會去烤肉。我媽認為兒子到現在還在健身房教舞很丟臉，不正經。回來就會說：「看你同學現在在明基、宏碁、銀行業，去哪裡又哪裡出差，你這工作不正常，好像是娛樂業，讓我壓力很大。」我很想要做讓我媽覺得很屌的事。因為〈Get Down〉出來，上《自由時報》還有其他各大媒體，我媽就比較開心了，好歹兒子是名師。在加州健身房教那麼久我媽沒有覺得很好，但後來我到大學兼課她就不會覺得我的工作很怪了。

希望我工作穩定又兼顧興趣，這其實有點矛盾。如果我從小到大都聽我媽的，也許我現在不快樂又沒有成就。

Q：跳舞時是什麼感覺？

A：最早純粹是愛現，沒想別的，小男生很幼稚，只想到跳舞耍帥女生很喜歡。但到大學時越學越多，跟著音樂動，有感覺，碰到喜歡的歌有動作去合時非常過癮，一個人跳也很開心。現在對於表演本身已經沒有太大興趣，我反而覺得教學是最大樂趣，當我把有趣的事傳達給你，就能感到很高興。我專門教一般人學會跳舞，因為我很會教，很會表達，我不想做一些高難度的技巧讓你學不會；我要讓你覺得跳舞很簡單，讓你有信心，你就一定會跳。我把自己定位在教舞，就不會接些有的沒有的案子。專心教學，口碑就出來了。

我取得了師大運動管理研究所學歷，目標是希望成為大學講師。除了球類運動，我可以教有氧、重量訓練、體適能、游泳，算是好用的體育老師，而且我可以結合科技和舞蹈。

Q：你未來的目標是當大學體育老師？

A：以前我一直找不到自己的興趣。我要是功課爛就算了，就豁出去走這行、或做音樂。但我功課不錯，也算滿會念書的。本來想一直做我有興趣的事情，期許自己每堂課都要教好，一堂都不能擺爛。但隨著年齡增長我也曾迷惘，不能一直靠體力去衝刺目標，一個星期二十五到三十堂課，體力負荷太大，儘管健身房老師時薪很高，但我不會把它當成終身職業。

我很喜歡在大學教課。已經在這跑道上，我能做的只有超越。我年輕，會的項目都是學生喜歡的，而且我懂管理、懂電腦程式，加上我繞了很長的路，可以給學生很多不一樣的建議和幫助。

我覺得當老師是我的天命，很可惜一直到清大畢業後才領悟到這件事，因為從清大畢業的大多都當工程師，當老師的卻沒幾個！我能經歷這種體悟是好的，很多年輕人因為不確定自己到底適合做什麼，太容易換工作，所以找到自己的方向打死都不要放掉。

◎採訪整理．賓靜蓀／摘錄自《親子天下》第三十二期

啟蒙人物故事館
林聖淵

人物看板　林聖淵

清華大學工程與系統科學系、中原大學醫學工程研究所、臺師大運動與休閒管理研究所畢業。曾任太極影音軟體系統師，現兼任東吳、世新大學體育老師，各大健身房舞蹈老師。二〇一一年轟動全球的清大熱舞影片編舞老師。他認為有興趣的事情，不管是不是作為維生的工具，只要做了，就一定要認真做到最好。

焦點報導

★擔任系統工程師時期，曾以「兒童E文學——程式設計」獲經濟部工業局品質認證AAA最高認證。

★指導團體Queenie獲二〇〇五Nike舞蹈比賽活力組亞軍。並擔任Nike、Adidas、Baleno等多家國際知名廠商之新品發表演出。

他／她的學習密碼

「我很想要做讓我媽覺得很屌的事。」

「我很喜歡在大學教課。已經在這跑道上，我能做的只有超越。」

「找到自己的方向打死都不要放掉。」

故事延長線

★ 林聖淵喜歡跳舞，他的母親從反對到認同，其中的契機是什麼？

★ 跳舞是林聖淵的興趣，除了喜歡之外，林聖淵為什麼可以闖出一片天？

★ 林聖淵說：「找到自己的方向打死都不要放掉」，你找到自己的方向了嗎？你能堅持下去嗎？

幾米
因為無知，所以充滿彈性

從一個角度看來，我的一生都是誤打誤撞，不只是求學，還包括我的人生，還有一路上因為無知而有的可能，和因為遇到困難不得不的學習過程，都是我人生中很寶貴有趣的經驗。

因為無知，所以充滿彈性

幾米／繪本作家

我小時候喜歡畫畫，也覺得自己很會畫，不過很多人小時候都是這樣想。等到漸漸長大，畫畫離我很遠，大概除了工藝課和做壁報之外，很少跟畫畫沾上邊。

國、高中求學的階段，基本上我就活在自己的世界裡。念高中的時候，我住北投，每天走路去上學，下課了就走路回家，哪裡也沒去。我不知道別人在做什麼，不知道臺北的學校有輔導課，臺北的學生下了課還會去補習。直到高二，班上來了一個轉學生，我才知道原來有補習這回事，也才知道原來可以考美術系，原來美術系要考術科，原來有專門補習術科的補習班。

可是我沒有任何基礎，考前三個月才臨時惡補。那個時候我每週有兩天要到金華國中附近補素描。我的老師是鼎鼎大名的藝壇大師李石樵先生，不過我是個完全沒有任何繪畫基礎的人。

當年跟老師學畫的人，很多是美術系的高材生，而我只是個為了要準備考試來惡補的高中生，三個月能學的真的很有限。我雖然是武林高手的徒弟，但能吸收的不多。美術系的術科考試有三項，我只補了素描，不過，最後我的素描成績最低。這是後來才知道的，有惡補的素描分數很低，沒有補習、自由發揮的水彩和國畫，成績卻很高。不是老師的問題，而是時間太短，我真的沒辦法吸收。

一生都是誤打誤撞

考上美術系以後才發現沒有基礎，學習起來很挫折。我進了大學才知道自己不是這塊料，這也是自卑的開始，我發現班上同學好厲害，自己起步太晚，跟別人差了一大截，所以大二就轉到設計組了。

沒想到我在設計組表現得很優秀，應該說我天生有一些畫畫的質感吧！就像游泳的人說水性很好一樣。

回想起來，我覺得過去自己對畫畫真的沒有熱情和知識，到了三十歲才知道有繪本，到了誠品開幕才知道繪本的類型這麼多。好像很多事都是後知後覺，遇到狀況才想辦法解決。我覺得自己屬於困而學之那種人。過去一直處於無知的狀態，但也因為無知，所以充滿彈性。就是因為無知，反而完全沒有限制，所以才能畫成人繪本；因為不知道繪本應該有什麼限制，所以就照著自己的想法畫，也因此不喜歡限制。我覺得自己屬於奇怪的類型，無法被歸類，當我的作品出版的時候，別人也不知道該如何歸類我。

因為畫了很多書，別人也許會以為我很會畫了，但到今天為止，我都覺得畫畫真的非常難。不過我很享受畫畫，因為可以胡亂畫，也許因為沒有遠大的企圖心，沒有偉大的志向，我的性格太適合畫插畫了。我是快手，喜歡每天都有進度，畫畫會讓我覺得今天沒有浪費。以前畫插畫的時候，常常拉開抽屜看看剩下什麼顏色的顏料，就用什麼顏色畫。插畫很好，有無限的可能，它不像彈琴，彈琴會彈錯，但是畫畫沒有畫錯這件事。

我一直相信讀者會為故事而感動，而不是為我的技術，雖然覺得自己慢慢的越畫越好，但我相信感動讀者的是故事本身。現在，我慢慢「有知」了。投入了創作，這需要很大的力量，所以不得不努力，更認真的面對我的作品。

從一個角度看來，我的一生都是誤打誤撞，不只是求學，還包括我的人生，還有一路上因為無知而有的可能，和因為遇到困難不得不的學習過程，都是我人生中很寶貴有趣的經驗。

◎採訪整理．張淑瓊／摘錄自《親子天下》第三十一期

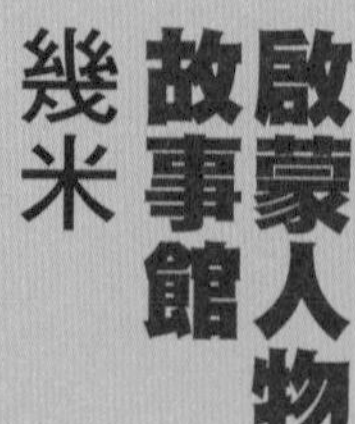

人物看板　幾米

中國文化大學美術系畢業，曾任職廣告公司。一九九八年首度出版個人繪本創作《森林裡的秘密》、《微笑的魚》，一推出後，立即廣受好評。之後陸續推出《向左走．向右走》、《地下鐵》等作品，帶起一股繪本創作新風潮。作品亦受到國際矚目，被翻譯成數十種文字，並衍生微電影、舞臺劇等各種藝術形式。

焦點報導

★《地下鐵》、《向左走．向右走》、《星空》被改編成電影及電視劇。

★二〇〇五《微笑的魚》改編成動畫，榮獲第二十九屆香港國際電影節「醉藍都會短片大賞」以及五十六屆柏林影展「兒童單元特別獎」。

★《向左走．向右走》，獲選為一九九九年金石堂十大最具影響力的書。

他／她的學習密碼

「很多事都是後知後覺，遇到狀況才想辦法解決。我覺得自己屬於困而學之那種人。」

「因為無知，所以充滿彈性。就是因為無知，反而完全沒有限制。」

「我的一生都是誤打誤撞，不只是求學，還包括我的人生，還有一路上因為無知而有的可能，和因為遇到困難不得不的學習過程。」

故事延長線

★ 你曾有遇到不得不學，只好努力學習的經驗嗎？

★ 你了解自己嗎？你認為自己的興趣與專長在哪裡？

★ 在你的成長過程中，你的每一個階段都是規劃好的，還是誤打誤撞的？為什麼？

哲也

我人生的三道光：漫畫、電影、搖滾樂

三十年後，我並沒有成為一個搖滾吉他手，也沒有成為導演。我的工作是寫故事給孩子們看，而且有些人好像還滿喜歡。我想，如果真的是這樣，那可能是因為心裡那許多扇窗戶，不小心透出一些光來吧？

我人生的三道光：漫畫、電影、搖滾樂

哲也／兒童文學作家

大家好，今天我要講的題目是「我的學習經驗」。「我的學習經驗」總共有以下四點：

一、基本上，我沒有什麼學習經驗，因為我的學歷很低，算起來，只有初中畢業。並不是我不努力，我很努力的考上了專科學校，但是只讀了一年，就被退學了。

但是說沒有什麼學習經驗，也不可能。不然，為什麼我現在要為這個題目傷腦筋呢？難道只是因為稿費嗎？不，一定是有更深刻的原因。讓我想一想這個原因是什麼，嗯……有了，因為我是一個好學不倦的人。

「好學不倦」這個成語，我可不是隨便說說的。小時候，我的腳邊經常有堆到膝蓋那麼高的書，等著我讀。附帶一提，我的腳並不算短，所以膝蓋相當高。通常把這些書讀完，要花一個下午的時間，而且只要花二、三十元租金，因為小時候漫畫店的租金很便宜。我記得那是暑假的某一天，當我把齊滕的漫畫讀完，走出漫畫店的時候，看著滿天的夕陽，忽然有一種推開一扇窗，世界變得無限大的感覺。

是的，就是這種深刻的感覺，一再在我的生命中出現……

回想起今天新認識的怪醫秦博士、三眼神童、還有神祕的史前文明、外星世界……原來世界上有這麼多好玩的東西，我從來沒想過耶。

這種「原來……我從來沒想過」的感覺後來一再的發生。容我解釋一下，這並不表示我小時候不聰明，所以很多事都沒想過。我的智商，就像我的膝蓋高度一樣，也是相當不低的。但是，每當我以為我已經懂很多了，以為這世界就像教科書上寫的那樣呆板的時候，就會有東西跳出來，幫我推開一扇窗。

比方說，當第一次從收音機裡聽到搖滾樂的時候。

那時候，我根本聽不懂他們在唱什麼，我才國中一年級，剛開始學「This is a pen. This is a door.」（後來door這個字還是派上用場了，因為有個樂團就叫The doors）。雖然聽不懂英文，但是音樂以一種超越語言的力量，在我面前展現一個清新、鮮活，充滿真心與力量，充滿各種可能性的世界，讓我覺得不但像是推開了一扇窗（Yes, this is a window.），簡直就像是被人一把推出窗外，進入亂七八糟的美妙世界中（說亂七八糟是因為懶得去想一個比較貼切的成語，搖滾樂是很難形容的，很難貼標籤的，貼太多標籤就不像搖滾樂了）。

原來音樂裡面有寶藏啊。我從來沒想過。

我開始迷上逛唱片行，囫圇吞棗的把任何找得到的音樂資訊吸進靈魂裡。用少少的零用錢買唱片，用小小的電唱機聽音樂，唱機雖爛，放出的音樂卻馬上在我腦海放映出三千大千世界（其實我也不知道這個名詞是什麼意思）的所有美麗場景。不太懂英文的我幻想著歌詞的意思，倒也其樂無窮。不幸的是英文能力卻因此不由自主突飛猛進，這才發現這些歌詞並沒有我猜想的那麼有意境。

那時候我沒事就躺在沙發上，看自己到底可以背出幾個搖滾樂團的名字，這樣的情況一直到後來迷上電影為止。

原來電影這麼迷人！我以前從來沒想過……國中三年級，我掉進另一個漩渦，像是某種向光植物一樣，吸收著電影院銀幕上的光芒。我把書店整排電影書籍搬回家，像海綿一樣吸收電影知識，場面調度、剪接運鏡……我與沖沖考上世新廣播電視科，原本期待著可以學習電視電影的相關知識，沒想到每天上課還是學數學、地理、歷史。因為完全不想學那些，我的成績都是個位數。我只能每天躺在宿舍床上背電影導演的名字，一直到被開除為止。

啊！時光悠悠，轉眼就過了三十年……（之所以跳這麼多年，是因為字數不夠了。）

三十年後，我並沒有成為一個搖滾吉他手，也沒有成為導演。我的工作是寫故事給孩子們看，而且有些人好像還滿喜歡。有些人說我的文字很有節奏感，有些人說故事裡好像看得到畫面一樣。

我想，如果真的是這樣，那可能是因為心裡那許多扇窗戶，不小心透出一些光來吧？

Thank you, my windows.（But not you, Bill Gates.）

◎文・哲也／摘錄自《親子天下》第三十一期

啟蒙人物故事館

哲也

人物看板　哲也

曾任出版社編輯、幼教多媒體、遊戲企劃等職業後，現在是專職的童書作家。作品以童話故事為主，兼具幽默與奇想的風格，不管是從現代或古典文學中取材，哲也的著作都廣受孩子的喜愛。多部作品獲得「好書大家讀」年度最佳讀物，以及義大利波隆納童書展推薦。

焦點報導

★二〇〇四年《晶晶的桃花源記》獲中國時報開卷好書獎、聯合報讀書人最佳童書。

★二〇〇五年【字的童話】，獲得好書大家讀年度最佳少年兒童讀物獎。

★二〇〇六年《怪博士的神奇照相機》獲得中國時報開卷好書獎。

他／她的學習密碼

「我是一個好學不倦的人，小時候，我的腳邊經常有堆到膝蓋那麼高的書，等著我讀。」

「每當我以為我已經懂很多了，以為這世界就像教科書上寫的那樣呆板的時候，就會有東西跳出來，幫我推開一扇窗。」

故事延長線

★ 你也曾經有過「原來……我從來沒想過」的感覺嗎？那是什麼樣的情境？

★ 漫畫、電影、搖滾樂這三項，為哲也打開了生命的一扇窗，你的成長過程中，也有這樣的東西嗎？那是什麼？

黃聲遠
帶我看見質樸的勇氣

每個人活在不同的環境裡，都有階級差異的不同。為什麼我理所當然的以為別人都要合群？我要我的下一代，不只看到自己，也會看到別人的需要。

帶我看見質樸的勇氣

黃聲遠／田中央建築工作群主持建築師

我現在敢做點看起來「怪怪」的事情，可能的原因，就是爸爸媽媽一直陪著我，給我很足夠的安全感跟自信心。

爸媽非常喜歡帶我和妹妹出去玩。有時坐火車、有時坐公車，我們常去金山玩。那時候金山有個老旅館，就在海邊，記得星期天回到家，全家睡在地板上時，都還感覺得到海浪在身上飄啊飄的。我們還會去石碇釣魚，去爬皇帝殿。我的童年就是很多的戶外、玩耍和搬家。

在功課上，爸媽也沒有逼我一定要怎樣。小學時的我完全沒花時間在準備考試。整個小學階段都住在新店，是在都市的邊緣。那時候的新店很安靜，跟現在的宜蘭很像，外面都是田。我每天回到家就是跑到田裡去玩。

雖然一天到晚都在玩，但閱讀量很大。我媽媽在國語實小教書，每天，我都會先走到公車站等她放學，公車站旁邊就是《國語日報》的書店，我幾乎把書店裡的書都看完了，所以我上課很喜歡問老師一些奇怪的問題。

因為功課一路都很好，讀建中的時候，大家都以為我會去念臺大電機系，但我對那些技術沒興趣。建築系分數低很多，我從小也喜歡找人在小巷子裡玩一些空間遊戲，而且是自己發明遊戲規則，後來我就選擇讀建築系。本來以為一定會考上成大建築，結果卻只考上東海建築系。我爸媽沒有很失望，還很高興，說去念東海，英文會變得很好，因為那時東海的共同科目是用英文上課，我就覺得他們很樂觀。

我從小都不太需要為了符合父母的期望去用功念書，反而是後來到宜蘭，一天到晚穿著拖鞋走來走去，是有點想反抗他們。因為他們畢竟是老師，腦海裡面小孩的形象還是要比較乖，要有禮貌、要順應社會體制。

三百元旅行的衝突

對我影響很大的，是在大學的時候碰到一個宜蘭來的同學陳登欽（前宜蘭縣教育處長），讓我感覺到在一個純樸地方長大的人真的很不一樣。我覺得自己很有禮貌、很合群，不過這些都是父母訓練出來的，是人工化的，可是鄉下孩子的質樸是在那個環境中自然泡出來的。

陳登欽想的事情跟我完全不一樣，我們常常吵架。那時候我是班代，有一次我們計劃要去杉林溪玩，一個人大概要花幾百塊錢，可是有些同學不能去，我就很不高興。陳登欽提醒我：「三百元我們可以吃一個半星期啊！」

我聽了，想想也有道理，為什麼我理所當然的以為別人都要合群。每個人都生活在不同的環境裡，都有階級差異的不同。以前的農民是很辛苦的，可是我當時的腦子裡都沒有想到這些，覺得滿慚愧的。我根本就是在一個小康家庭長大，忘了要去玩這件事情，對有些人來說不是那麼容易。我發現這裡還有更大的世界，在這個世界裡長大的孩子，他可以很勇敢的有自己的看法。這讓我很有興趣，很想來宜蘭一探究竟。

爸媽並沒有把我變成一個邪惡的、追求名利的人，可是他們不斷的教我要適應社會，但我隱隱約約感受到，我們是可以改造這個社會的。宜蘭來的孩子看到更多真實的事情，他不得不去改造它。當時我就很想在宜蘭成家，想要我的下一代，在這樣的環境長大，他也許就會有這種能力，不只是看到自己，也會看到別人的需要。

很多人都給過我機會，可是把我的人生觀念、思想上帶到一個轉捩點的，就是我那宜蘭來的大學同學陳登欽。我的世界加上他的世界，會是一個比較完整的世界。

◎採訪整理．許芳菊／摘錄自《親子天下》第三十一期

啟蒙人物故事館 黃聲遠

人物看板　黃聲遠

東海大學建築學士、耶魯大學建築碩士。一九九三年移居宜蘭，次年在宜蘭開設黃聲遠建築師事務所，參與宜蘭多項公共建築與環境改造工程。以「將建築物融入環境中，讓人、房子與土地產生更密切的連結」為建築理念。代表作品有員山忠烈祠、國立傳統藝術中心第四期建築工程、楊士芳紀念林園等。

焦點報導

★曾入選《天下雜誌》二〇〇四年「三十一位新世代領導者」之一，並當選第七屆中華民國傑出建築師（規劃設計貢獻類）。

★曾獲傑出建築師獎、臺灣建築佳作獎、遠東建築獎、綠建築獎等多種肯定。

他／她的學習密碼

「我每天回到家就是跑到田裡去玩。雖然一天到晚都在玩，但閱讀量很大。」

「考上東海建築系。我爸媽沒有很失望，還很高興，說去念東海，英文會變得很好，因為那時東海的共同科目是用英文上課，我就覺得他們很樂觀。」

「我發現這裡還有更大的世界，在這個世界裡長大的孩子，他可以很勇敢的有自己的看法。」

故事延長線

★ 黃聲遠受到同學陳登欽的啟發，為自己的人生開了一扇窗，你也有這樣的朋友嗎？你因為他而改變了什麼？

★「因為看到更多真實的事情，所以不得不去改造它。」你也有想要改造的事情嗎？那是什麼？

成長與超越

葉怡蘭

故鄉的小吃，味蕾的啟蒙

我只是一個出身平凡的臺南子弟，我從事飲食寫作，只是基於一份對美好生活的嚮往，而這個根源，則是來自家鄉臺南的情與味。

故鄉的小吃，味蕾的啟蒙

葉怡蘭／旅遊、飲食作家

我之所以會走上飲食寫作這條路，必須從我的「臺南血統」講起。

臺南是臺灣最早發展、最富庶的府城，有豐富的人文歷史資產；而且，很幸運的是，臺南並沒有搭上工業化、商業化的列車，它的城市氛圍彷彿凝結在一個過去的時空，緩慢、悠閒、歲月靜好，百姓有餘裕去發展生活情調。

加上位於嘉南平原這個魚米之鄉，新鮮食材唾手可得，四時有五穀鮮果，沿海有魚鮮直送，吃慣了好東西，自然「嘴刁」。

所以，只要一談到飲食，溫文的臺南人馬上變得不可一世，覺得自己家鄉的美食獨步天下，誰與爭鋒；而且，對飲食很有看法，即使是一般老百姓，對「怎麼吃」、「吃什麼」，也有種近乎偏執的講究。

小吃，啟蒙美食味蕾

我好些臺南同鄉都對飲食非常「龜毛」。我有一個朋友，他吃蝦子，堅持一定要下鍋前還活跳跳才行，絕不吃死蝦，嚴格恪守食物的「最佳賞味期」。

我們家也有很多「堅持」。就拿虱目魚湯來說吧，我們家絕對是過午不食的。從早市買回來以後，趁著新鮮，中午就會下鍋，一定不會拖到晚餐才煮湯，更不會把魚冰凍起來，擱幾天再退冰料理。

我家吃水果，也很強調一定要「當令」。春天是關廟鳳梨，從夏到秋則是七股洋香瓜、愛文芒果、麻豆老欉文旦……

因為家裡是賣肥料的，有不少「消息管道」可以打聽到今年最棒的水果來源，而我外婆尤其是家族中最懂吃的人，她總是有「特殊門路」可以買到最美味的水果。討論這次節期要去哪兒買哪些時鮮，一直是我們家最熱門的話題。

談到我的美食啟蒙，不能不說我們臺南的小吃。

臺南人很愛在正餐之外吃些點心，隨處可見口味純樸但極為美味的小吃攤。我是個很饞的孩子，以前念高中時騎自行車通勤，從臺南女中回到家這段短短十五分鐘的路程中，會經過許多小吃店，沿途都是「誘惑」，這樣一路吃回家，肚子也飽了，晚餐就吃不下了，經常讓我媽又好氣又好笑。對臺南人來說，小吃不只是果腹的點心而已，也是一種充滿人情味的集體記憶。

臺南代代薪傳的老店特別多，最常去光顧這些老店的，並不是「一沾即走」的觀光客，而是像我們這種從小吃到大的街坊鄰居，大家早就已經熟悉那個味道，容不得一點馬虎。

我家附近有一個賣鱔魚意麵的小吃店，上一代退休以後，第二代接棒，炒出來的麵明顯遜色。我們這些鄰居常客便扮演起監督的角色，不斷「動之以情」、「曉以大義」，直到他們改善口味為止。還有一家乾麵也是，店主人退休，把店頂給別人，大家一嚐味道變了，這怎麼得了？馬上又雞婆的去「熱心督導」一番：「你這樣不行啊，頂人家的店，要做得好一點啊。」逼得新店主只好去找先前的店主拜師學藝，這才安了眾鄉親們的心。

這些小吃攤的營業時間是有其「自然律」的，跟食材供應鏈緊密結合。因為魚市只有早上有開，許多賣虱目魚粥的攤子，都是清晨開市，賣到中午就收攤；而羊肉呢，則是早晚各賣一個時段，理由是殺牛宰羊的時間，正好是清晨、傍晚各一次。而大市場休市的時間，店家也跟著休息。

我曾跟朋友說過，我是離開臺南以後，才知道何謂「美味」。因為，身為府城女兒的我，味蕾早已習慣「最新鮮的味道」，把這種滋味視作理所當然，後來才知道，那是多麼可貴的恩賜。

我大學時北上讀書，印象中在臺北吃的第一碗小吃是蚵仔麵線，用保麗龍碗盛著，附了一根白色的塑膠免洗調羹，那一剎那，我心中彷彿有某一小角悄悄的破碎了……在臺北，有好長一段時間，總覺得吃什麼都不對勁。

人說「富過三代，才知吃穿」，許多做美食工作的人，都是家世不凡的貴冑後裔，才有「食不厭精，膾不厭細」的能耐；但我只是一個出身平凡的臺南子弟，我從事飲食寫作，只是基於一份對美好生活的嚮往，而這個根源，則是來自家鄉臺南的情與味。

採訪整理．李翠卿／摘錄自《親子天下》第三十一期

啟蒙人物故事館 葉怡蘭

人物看板 葉怡蘭

曾任《Aspire》雜誌總編輯、《壹週刊》美食旅遊家居組主任、《明日報》美食旅遊新聞中心主任、《Vogue》雜誌採訪主編等職。一九九九年創辦《Yilan 美食生活玩家》網站，二〇〇二年開設《PEKOE 食品雜貨鋪》，實踐由飲食開始，從心靈到每一種感官，都真正「享樂」的生活哲學。

焦點報導

★曾獲選講義雜誌二〇〇四年度最佳旅遊作家。

★二〇〇七年與 Discovery 旅遊生活頻道合作拍攝《生活采風——葉怡蘭篇》，入圍該年電視金鐘獎「頻道廣告獎」。

他／她的學習密碼

「家鄉對吃近乎偏執的講究，啟蒙美食的味蕾。」

「小吃不只是果腹的點心而已，也是一種充滿人情味的集體記憶。」

「我從事飲食寫作，只是基於一份對美好生活的嚮往，而這個根源，則是來自家鄉臺南的情與味。」

故事延長線

★ 家鄉的生活風格啟迪了葉怡蘭對於美食的研究，在你的生活周遭，有什麼部分對你是影響深遠的？

★ 你曾經有過把某個事物視為理所當然，失去之後才發現原來那是可貴恩賜的經驗嗎？你如何彌補？

童子賢
父親的大自然學堂

爸爸用大自然當教室，教會我們很多大自然的東西。他是第一個讓我感受到學習趣味的老師，讓我對於學習具備強烈的好奇心。

父親的大自然學堂

童子賢／和碩聯合科技董事長

我在六〇年代長大。外表假裝活潑開朗——是鄉下學校的班長、樂隊隊長、演講代表、孩子頭。國中二年級一個人花十二個小時自花蓮瑞穗轉三次車，獨自到臺北、代表學校開「四健會」。但是，我的內心非常孤獨安靜——不需要朋友，像孤獨的一匹小獸。可以足不出戶十天十夜，只要有書本陪伴就行。

讓我對於學習具備強烈的好奇心，是爸爸深刻的影響。

爸爸天生就很會教小孩，他個性和藹、又深具啟發性。我有五個兄弟姊妹，排行老四。從小住在花蓮後山，鄉下雖然物質較貧乏，但父親常常誘導我們觀察大自然。比方說他先教導我：音速是每秒三百多公尺，然後下雨天遠遠觀察閃電，帶我們站在屋簷下細數雨滴讀秒，大家一起觀察，數幾下後會聽到雷聲。觀察中，我們發現：有的雷比較遠，閃電後可能五秒才會聽到，有的雷聲來得快，爸爸就會解釋，這個雷響是從一公里半以外的山頭傳來。就這樣，我們在快樂的雨天看閃電與數落雷遊戲中，觀察了大自然，也理解光速和音速的差別。

還記得美國阿波羅號登陸月球那一天，平常整個花蓮連電視都收視不良，也很少家庭有電視，爸爸帶著我們跑到鄰鎮收得到電訊的人家家中，一起看登陸月球。爸爸非常喜愛求知，他在阿波羅號準備登陸月球前一、兩個月就開始給我們天文教育，他會想辦法去找很多日文的天文書籍，帶著我們一起觀察星星和月亮。爸爸告訴我們，地球到月球距離三十多萬公里、阿波羅號飛行了三天，我們一起計算阿波羅號的時速，感嘆科技的神奇。那時，抬頭仰望星空，看著這麼遙遠的月球，想著美國人卻能登陸，覺得很奇妙、也非常好玩。

從小，我就從「玩」裡面，得到很多樂趣。比方說拿杯子裝高高低低的水，敲打會發出不同高低的聲音。運用這樣的原理，我會拿著竹子，用炭火燒紅鐵絲，然後在竹筒上穿孔，自己做笛子，一邊做一邊試 Do Re Me 音階。

從「玩」中嘗試極限

除了這些，我也玩過很多現在回想起來，非常危險的嘗試。比方說，拿鐵絲燒得很紅，然後用來切割廢棄的米酒瓶……還有很多真的很危險的「遊戲」。

小時候這麼皮，為什麼可以很幸運沒有發生什麼大意外？現在回想其實是因為爸爸總陪在我們身邊。爸爸除了平時修錶磨鏡片的工作，也是義勇消防隊。那時在鄉下，只要一聽到警報噹噹噹的聲音，村子裡的叔叔伯伯，就很自動放下手中工作，開始騎腳踏車向消防隊集合救火。我當時很崇拜叔叔伯伯衝入火場救火救人的勇氣。他們都是義消，爸爸是義消小隊長，有接受過正規救生的訓練。那時花蓮很多溪流湍急，家長多半都禁止小孩游泳戲水；可是在我家，爸爸卻反其道而行，不會禁止我們嘗試危險，而是親自帶著我們去認識危險。爸爸一手救生技巧，到了暑假，常常把店關上，就帶我們去玩水。他藉著陪伴的機會，告訴我們有些東西很危險，但是在認識危險的前提，還是可以嘗試。爸爸用大自然當教室，教會我們很多大自然的東西。

爸爸對知識很尊敬，很珍惜知識的來源，他會訂日本的文學雜誌、《讀者文摘》等，會跟我們講日本歷史和三國演義的故事。我從爸爸的講述中，認識織田信長、武田信玄等歷史人物。

爸爸是第一個讓我感受到學習趣味的老師。在那個物質貧乏的年代，只要有一點點物質，就覺得好棒。爸爸鼓勵我們運動，會在拮据的支出中，湊錢買真正的棒球和手套，還要騎兩個小時的摩托車到花蓮市去買。因為他覺得棒球是很好的運動，小孩應該要接觸這種運動，鼓勵我們正規的去玩。

偷拿硫磺與硝石造火藥

後來到臺北念臺北工專時，剛開始念工科有點苦悶。當時自己感覺更愛好文史哲，但因為我想早一點工作和就業，才選擇念工專。在慘綠少年的情懷中，只要想起父親不管在多艱難的環境中都不曾放棄學習，我就能堅持下去。因此一面在電子工程專業中苦修苦練，一面參與文學社團抒發熱情。後來微處理機的潮流崛起，這個有趣多變的領域激發了我的熱情，我開始狂熱的投入學習。

興趣是可以培育也可以激發的，想起我幼年喜歡動手做手工藝，小學四年級起，我就偷拿外公中藥店的硫磺與硝石去造火藥，才發現原來喜歡摸索與嘗試新事物是我的天性呢。學習這件事像是余光中〈白玉苦瓜〉詩句吟詠的，「曾經是瓜而苦，被永恆引渡，成果而甘」。

◎採訪整理．陳雅慧／摘錄自《親子天下》第三十一期

啟蒙人物故事館 童子賢

人物看板　童子賢

生長於後山花蓮，臺北工專畢業後，至宏碁擔任電腦工程師。之後與好友一同創立華碩電腦。二〇一〇年擔任和碩董事長。童子賢不僅是一位成功的科技人，對於藝文活動也投以極大的關懷與資助。曾經投資協助誠品書店的創立，贊助《他們在島嶼寫作》文學家紀錄片系列的拍攝與出版，也是許多國內藝文團體的重要贊助者。

焦點報導

★二十九歲創辦華碩，四十歲催生華碩工業設計部門，開主機板產業風氣之先，使華碩躍居全球前十大PC品牌。

★大力投資誠品書店，儘管成立前幾年，連年虧損，仍持續贊助，至今誠品已成為臺北最重要的象徵之一。

他／她的學習密碼

「從小，我就從『玩』裡面，得到很多樂趣。」

「爸爸用大自然當教室，教會我們很多大自然的東西。」

「學習這件事像是余光中〈白玉苦瓜〉詩句吟詠的，『曾經是瓜而苦，被永恆引渡，成果而甘』。」

故事延長線

★ 童子賢的父親開啟了他的學習熱情，在你的求學過程中，也有這樣的啟蒙導師嗎？他對你的影響是什麼？

★「興趣是可以培育也可以激發的。」你的興趣是什麼？你對這句話有什麼看法？

★ 讀完這個故事，讓你印象最深刻的是哪個部分？為什麼？

唐心慧
我的放牛班弟弟，我的人生導師

弟弟的學習經驗讓我知道，發現心之嚮往的興趣，並真誠傾聽心底的聲音有多麼重要。「努力」讓我得到好成績，但「興趣」讓我終生投入一個領域，樂此不疲。

我的放牛班弟弟，我的人生導師

唐心慧／奧美廣告公司董事總經理

從小，我在家中是個能幹的大姊，在學校是個科科拿高分的資優生。我當學生時課前預習、上課認真、課後複習，我相信人定勝天、努力必定有回報。

但後來我人生方向的選擇卻不是取決於學習成就，而是興趣。我的工作，讓我從踏入社會至今從未轉業。但傾心投入的廣告業，卻有著最不穩定、不容易掌握的特質。而且，我大學時行銷相關的課，相較於微積分、統計等科目，分數其實很低。

關於決定工作，我仰賴的不是意志，而是心底的聲音。

認真想想，關於什麼是努力、什麼是興趣的學習，是在國二那年被啟動。我從學習歷程與我有天壤之別的弟弟身上，了解「興趣」對一個人的學習多麼重要。

我國小時就立志要考上北一女，國小畢業就自己找了最好的國一先修班報名。我念明星國中資優班，每學期拿獎學金。我告訴自己，沒有考上北一女之前不准看電影、看電視。我高中、大學時就算玩社團，也是因為申請學校的必要。一切都在我的規劃與掌握中。

答錯題，自己罰跪四十分鐘

國中有一回我考了九十一分，錯了不該錯的題目，父母從不因為課業責備我，我只好懲罰自己。我關了房間的燈，罰自己跪，而且規定要跪上三、四十分鐘，膝蓋有痛的感覺，才能牢記不再犯。母親經過我房間，以為我終於沒有熬夜念書，感到很欣慰，開門探頭卻被跪在房間的我嚇了一跳。和我差一歲的弟弟聽完我罰自己跪的原因後搞笑說：「考九十一分要下跪，要是我考九十一分大概要放鞭炮慶祝。」

那時候，弟弟讀的是國中放牛班。他每天帶著空無一物的書包上下學，老師上課時不教書，只是日復一日罵他們人渣、敗類。我父母的「自救」方式就是為他請家教。

某一天，他在學校惹到一個留級三年畢不了業的「大哥」，被一群學長揍，整個人往教室玻璃撞，玻璃插入胸口，血流如注。

我的父母想幫他轉到紀律嚴明、升學率好的私立中學，結果被羞辱了一番。那個明星私立中學的教務主任，當著父母、弟弟和我的面，數落弟弟是個成績多麼糟，無可救藥的學生，要他連轉學考都不用來考了。我那柔順的母親卑微、羞愧的將弟弟的資料、成績單倉皇收進袋中，低著頭走出教務處。我跟在父母身後，心中充滿憤怒。

幾天後，我申請了成績單，跟母親說我想轉去那個中學。同樣的位置，同樣的教務主任。我遞上成績單：某明星公立國中資優班、每學期領獎學金，主任看到眼睛發亮，要我不用考試，直接就讀。我在他「欣賞」成績單的當下抽過成績單，說：「你要我來，我也不會來念，你們不是真心愛孩子的學校！」轉頭就走。

後來，弟弟被父母安排到美國念書，我跟著去陪讀。

弟弟驚人的轉變

在姊代母職的近十年間，我看見這個在臺灣無可救藥的放牛班學生，到了美國卻找到了他的興趣。

弟弟在電腦程式設計的課上，次次拿高分。回到宿舍，他不眠不休用老師教的簡單概念，設計出可以執行的「遊戲」。我以為他唬弄我，可是當我得知任課老師對他天分的驚呼與激賞，才知道他真的很厲害。

弟弟在高中畢業前就拿到大學內所有與電腦相關的學分。電腦程式設計的課喚回了他的信心與學習熱忱，他在其他科目的學習也逐漸上軌道。

念大學時，我和他都是花三年就拿到大學學位的跳級畢業生，但是我很清楚，我家三個小孩我最笨，我的「成績」都是因為自律甚嚴苦讀而來。而弟弟，他是那種上課只聽前十五分鐘與後五分鐘的學生，卻能科科都是A。

我從他身上看見，當你找到興趣，在單一領域追求卓越與成功，其他的部分也會跟著提升。

我在大學時，成績最好的是財務、統計與微積分等科目，大一甚至因為微積分分數太好，教授要我直接跳級。可是，我上這些課時很痛苦，只想快快修完學分走人。

當我上行銷課時，情況就完全不同。課堂上的每個觀念都讓我感到興奮，連商品在貨架上的位置是依消費者的視線高度來決定這種淺顯道理，我也覺得好有趣。學習行銷的過程，我了解到自己喜歡與人溝通，決定回臺灣後投入行銷相關行業。

我的人生，一路都是「可以掌握」的，但是最終，我卻愛上最難掌握、充滿變數的廣告。

弟弟的學習經驗讓我知道，發現心之嚮往的興趣，並真誠傾聽心底的聲音有多麼重要。

「努力」讓我得到好成績，但「興趣」讓我終生投入一個領域，樂此不疲。我弟弟，在我年紀很輕的時候，就向我展現了這個我花很久才領悟的道理。

◎採訪整理・張瀞文／摘錄自《親子天下》第三十一期

啟蒙人物故事館

唐心慧

人物看板　唐心慧

十三歲時，獨自帶著弟弟到紐約求學，在美國的成長經驗培養出她獨立、沉穩及勇於表達自己的性格。一九九五年紐約大學行銷管理學系畢業後加入臺灣奧美廣告，憑藉著專業及熱情，獲得客戶肯定，三十六歲即出任奧美廣告公司董事總經理，迅速在廣告界嶄露頭角，占有一席之地。

焦點報導

★臺灣廣告界有史以來最年輕的董事總經理。

★二〇一一年行銷傳播傑出貢獻獎，獲得「年度傑出廣告公司經營者」殊榮。

★在奧美推動 Work hard, Play hard，鼓勵員工努力工作也盡情玩樂！

他／她的學習密碼

「關於決定工作，我仰賴的不是意志，而是心底的聲音。」

「我從弟弟身上看見，當你找到興趣，在單一領域追求卓越與成功，其他的部分也會跟著提升。」

故事延長線

★ 成績可以決定一個人的一切嗎？請說說你的想法。

★ 唐心慧大學時期成績優異，但上課卻讓她感覺痛苦，只想趕快修完學分畢業。其中的原因是什麼？

★「我的人生，一路都是『可以掌握』的。」你如何詮釋這句話？

李永豐
大學聯考考七回

我覺得所有孩子都跟我高中那時候一樣，需要機會去打開視野，知道藝術的美好。當你視野胸襟打開，面對生命時，你不會計較、你看待人的方式會不一樣。所有的孩子都需要一種溫柔，一個視窗。

大學聯考考七回

李永豐／紙風車文教基金會執行長

從小到大我成績都很爛，文化大學考不上、藝專也沒上，考上世新電影科，後來跟校長吵架被退學，當完兵才考上北藝大。前前後後，大學考了七次，考到教科書都換了版本，下次重考，又換了。

為什麼我要一直考？

因為在那個時候，獲得資訊的方式沒有現在這麼方便，我知道唯一要讓我的世界更開闊的方式，就是去上大學。重考的這幾年很淒慘，你要知道鄉下地方，厝邊都考上了，只有我沒上，我爸媽有多傷心！我爸還跟朋友說：「他沒考上我都不知道怎麼安慰他。」重考那幾年，對我來說就是沮喪失敗，完全是挫折。

但是我覺得我一定要努力，這是受到嘉義東石高中美術老師楊元太的影響。

楊老師不一樣的美術課

楊老師上課的方式很不一樣，我畫水彩，他從來不會假他的手來改我的作品；我的石膏像畫起來都是黑的，他會說那是我個性的反射；我偏好抽象畫，他就把我的畫擺起來，讓學生圍在旁邊看，解說我的畫好在哪裡，哪裡可以更好。他這種上課方式跟當時寫實派，抓你的手來改完全是不一樣的觀念。楊老師上課還會拿畢卡索、米羅、康丁斯基的畫來，解釋他們的畫，上他的課等於上了美術史。

民國六十幾年的時候，我就知道藝術有多寬廣，而不只是把一個瓶子畫好而已。有次我跟他說，我想去嘉義朴子看《越戰獵鹿人》，因為鄉下地方難得有這樣的電影，他就幫我跟學校請病假。他對我走藝術這條路有重大影響，這是今天我沒有去當流氓的最大原因。

高中的藝術啟蒙讓我知道，打開視野面對世界，就一定要去受教育，所以我一定要考上大學。我一定要去了解外面未知的世界，像是西班牙要航向未知的大海一樣。後來我真的有機會到紐約 MOMA 美術館看到莫內的真跡，哇，親眼看見，真是大器。還有米羅的大紅，康丁斯基的理性跟旋律，畢卡索的奔放自由……這都是高中時楊元太老師給我開啟的視野，讓我想去看更多。最後，我把這些結合在兒童劇裡頭，都是老師給我的影響。

楊老師讓我知道世界有多大，藝術有多寬廣。而我爸對人的溫暖，對人的幫助，則是影響我會去做「三一九鄉兒童藝術工程」的原因。

我爸國小畢業，嘉義布袋人，那時我們村莊住很多老兵，生病沒有錢看醫生。我爸是漁民代表，就會幫他們偽造文書來辦漁民保險，讓老兵可以看病不用錢，讓他們可以在這裡安身立命。他也會幫離鄉背井的人寫家書，就是常幫助弱勢和出外人。在社會上他不會想去做第一層的人，他覺得在第三層可以幫助更多人。

我受我爸影響很深，就像他一樣，不想當上流人物，我還是想吃檳榔、沒事幹譙一下，當做是關心問候，我就是喜歡跟中下階層的人在一起。

讓全臺灣孩子都看得到戲

會去做「三一九鄉兒童藝術工程」原因很簡單，我是鄉下來的孩子。我十九歲進劇場開始，服務的都是中產階級，我做了一輩子的戲劇，可是我家鄉的孩子還是一樣沒戲看，完全沒有資源，去那邊演的戲也不多。我想說，我四十五歲了，衣食無憂，我這輩子要做一件事情，對生命有所交代。

我覺得所有孩子都跟我高中那時候一樣，需要機會去打開視野，知道藝術的美好。當你視野胸襟打開，面對生命時，你不會計較、你看待人的方式會不一樣。所有的孩子都需要一種溫柔，一個視窗。

我搞這麼久戲劇，何不讓全臺灣孩子都看得到戲？推動「三一九鄉兒童藝術工程」這條路，跟我十八歲時重考一樣，孤單、寂寞、挫折，但七次重考都可以考上，我不相信我做不來、不相信臺灣人沒有熱情。

五年來我疲於奔命，不是籌錢，就是賺錢，去拜託別人，陪人家喝酒，是很慘烈的，是一種生命的熱情，支持我做這件事。我當這輩子已經死了，不過死之前我要做一件事情，對得起自己的工作和自己的生命。

◎採訪整理．許芳菊、李宜蓁／摘錄自《親子天下》第三十一期

啟蒙人物故事館
李永豐

人物看板　李永豐

畢業於國立藝術學院戲劇系、國立臺北藝術大學傳統藝術研究所文化資產與文化政策組，是知名劇場演員、編劇、導演。現任財團法人紙風車文教基金會執行長、紙風車劇團創意總監。一九九二年成立紙風車劇團，「紙風車」之名是受到唐吉訶德之啟發，寓意「人因夢想而偉大」，劇團以創作優質兒童戲劇為宗旨。

焦點報導

★二〇〇六年十二月紙風車文教基金會發起「三一九鄉村兒童藝術工程」，期望讓臺灣每個鄉鎮的兒童，都有機會接觸到兒童舞臺劇與藝術活動。從第一場表演到二〇一一年十二月三日，在新北市萬里鄉的公演完成最後一場巡迴演出。五年期間，共募款兩億兩百餘萬元，近三萬名民眾參與捐款，近八十萬的現場民眾參與。

他／她的學習密碼

「高中的藝術啟蒙讓我知道，打開視野、面對世界，就一定要去受教育。」

「當你視野胸襟打開，面對生命時，你不會計較、你看待人的方式會不一樣。」

「我父親對人的溫暖，對人的幫助，對我影響很大。在社會上他不會想去做第一層的人，他覺得在第三層可以幫助更多人。」

故事延長線

★ 在你的成長過程中，是否也有人曾經打開過你的視野，讓你想要追求更多的知識？說說你的經驗。

★「三一九鄉村兒童藝術工程」是李永豐這輩子一定要完成的夢想。你有夢想嗎？

★「在社會上他不會想去做第一層的人，他覺得在第三層可以幫助更多人。」你如何詮釋這句話？

鄒駿昇
繞了一大圈，還是回到了想去的地方

一個小孩子，學科一直都不被認同，可是畫圖讓我突出、有成就感，因為老師、同學認同我。我覺得，人要放對位置，慢沒關係，只要方向對了，終究會到達你想去的地方。

繞了一大圈，還是回到了想去的地方

鄒駿昇／新銳插畫家

小一的時候，我有學習障礙，在豐原鄉下念豐田國小，連低年級的數學課，都趕不上進度。老師只好叫同學下課特別指導我，光是最基本的一加一等於二，我都不懂。我常常只看得到影像，老師說「1」的圖形加「1」的圖形等於「2」的圖形，為什麼？我不懂，不懂邏輯，所以成績沒有好過。

考試考不好，媽媽要求我去補習。補習班老師是韓國人，會打頭，被打到怕，就努力拚。一去就一直算一直算，非常八股的補習。小四就開始算小五的數學，反正一直在趕進度，很不快樂。

爸媽做金屬加工，就是臺灣傳統的農田旁一間鐵皮屋工廠。他們很忙，成績單要簽名，我都自己簽，他們也不知道兒子成績爛到什麼程度。我爸只要求品行不要太壞就好。每次我從鐵皮屋工廠前走過去，他都會罵，說走路不要像混混，一晃一晃的。我真的有混混朋友，可是我沒有混，因為跟他們在一起，不會被欺負。

小時候被老師注意的學生，不是成績好就是品行差。我這種品行不壞、成績不好的，都被漠視。永遠都記得，小二的時候有一個畫圖比賽，是國慶日，我畫了閱兵典禮上的坦克車。老師收一收全班的畫，送去比賽，結果我得了全校第二名。

畫圖讓我被認同

這件事讓我很快樂。一個小孩子，學科一直都不被認同，可是畫圖讓我突出、有成就感，因為老師、同學認同我。從此，我被認定為很會畫畫的小朋友，高年級還代表學校參加全國比賽，因為沒受過訓練，比賽表現沒有很突出。

可是我一直都喜歡畫，會在家裡畫，或在地上塗鴉，一直持續這件事。

國中導師對於週記要求很自由，可以寫讀書心得、剪貼或是畫圖，我就畫了兩年的週記。畫喜歡的東西、模仿其他插畫，或是畫喜歡的漫畫，因為這樣，老師跟我說，高中可以去考美術班看看。在畫圖上，我一開始不是很好，但是會後來居上，聽起來很臭屁，可是這是事實。

考南投竹山高中美術班的時候，很慘烈，沒學過畫圖，可是要考國畫、山水畫，我根本不會。考復興商工的時候，因為沒學過水彩，不太會用，結果水加得越多越難上色，就被一起考試的臺北學生取笑。

可是高中念得很愉快，因為有很多術科。水彩課、國畫課，都是以前不曾有的，就算一開始畫不好，因為喜歡這件事就會一直去做，而且會對自己要求，練習久了就會了。高中畢業時，我是全校唯一通過保送甄試，考上政治作戰學校美術系的人。一方面我術科很強，一方面智力測驗時，發現題目多到不可能在時間內做完，就跳過數學、語言題，直接寫有圖案的題目。像是解讀3D圖之類的，答得超快，整本就挑有圖形的題目拿分。結果考了高分，學校還貼很大的紅字條。我以為有學校念，四月就開始玩、放暑假，沒想到根本就不能念。

七千元阻擋美術前程

爸爸覺得念美術這一塊沒有出息，把我的路擋著。之前準備念復興美工，都已經報到了，我爸不要我念私校，塞了七千元去把畢業證書要回來，動用關係把我弄進竹山高中。父母觀念比較保守，想確認小孩有穩定工作，溫飽沒有問題，自己才可以安心退休。寧願我重考，也不讓我念藝術學院。重考大學填志願，還規定要把師院往前排，結果落點就到了嘉義師院。

諷刺的是，繞一了大圈，最後我居然跑到英國念最貴的私校——皇家藝術學院（Royal College of Art），我真的想走自己的路，念之前還去算命，因為不能決定要不要砸錢下去。到英國拿兩個碩士，是再給人生一次機會，是復活戰，不能有退路。我不是出國混學歷，是期望變得跟藝術雜誌裡的人一樣厲害。念完金斯頓大學（Kingston Uni.）平面設計研究所，拿到碩士而且是第一名，可是感覺改變不大，不覺得已經可以回國。

最大的衝擊是，畢業時老師帶著我們去看皇家藝術學院的畢業展，還一一介紹，每一個作品都講得超厲害。那種感覺很差，因為他們是碩士，我也是碩士，可是老師還特別帶我們來看他們的畢業展，好像我念的是放牛班。

其實看了也感覺到，水準落差很大。我走到展場外面抽菸，跟朋友說：「我要重來一次！」那時候金斯頓大學的畢業典禮，在皇家藝術學院隔壁的小歌劇院。我連進去都不想，就跟同學說：「我不進去了，你們自己去，兩年後，我要參加皇家藝術學院的畢業典禮。」

我覺得，人要放對位置，慢沒關係，只要方向對了，終究會到達你想去的地方。

◎採訪整理．陳慧婷／摘錄自《親子天下》第三十一期

啟蒙人物故事館
鄒駿昇

人物看板　鄒駿昇

嘉義師範學院美教系畢業，曾擔任過小學老師。隨後前往英國Kingston大學學習平面設計，畢業後，於二〇〇六年至皇家藝術學院繼續學習插畫。二〇〇八年就學期間，即以「Chip & Fishs」為名的五張插畫作品，參加義大利波隆納童書原畫展，獲得入選。二〇一一年更勇奪義大利波隆納插畫展新人首獎。

焦點報導

★ 求學期間，設計作品曾入選及獲得英國D& AD學生設計獎、德國Reddot視覺傳達設計競賽、荷蘭Output國際設計比賽、美國Adobe設計成就獎等多項國際獎項。

★ 曾分別於二〇〇八年、二〇一〇年、二〇一一年三度入選波隆納國際插畫展。二〇一一年更獲得義大利波隆納插畫展新人首獎。

他／她的學習密碼

「我一直都喜歡畫，會在家裡畫，或在地上塗鴉，一直持續這件事。」

「到英國拿兩個碩士，是再給人生一次機會，是復活戰，不能有退路。」

「人要放對位置，慢沒關係，只要方向對了，終究會到達你想去的地方。」

故事延長線

★ 在學習的過程中，有哪件事能為你帶來成就感，讓你感覺獲得認同？

★ 鄒駿昇想學美術，父親卻不肯，於是擋下了他的夢想。你的夢想與父母的期許有差距嗎？你會用什麼方法去拉近你們的距離？

★ 你有想要實現的夢想嗎？你認為現在的自己放對了位置嗎？為什麼？

〔企劃緣起〕

成長與學習必備的元氣晨讀

親子天下執行長　何琦瑜

源於日本的晨讀活動

一九八八年，身為日本普通高職體育老師的大塚笑子。在她擔任導師時，看到一群在學習中遇到挫折、失去學習動機的高職生，每天在學校散漫恍神、勉強度日，快畢業時，才發現自己沒有一技之長。出外求職填履歷表，「興趣」和「專長」欄只能一片空白。許多焦慮的高三畢業生回頭向老師求助，大塚笑子鼓勵他們，可以填寫「閱讀」和「運動」兩項興趣。因為有運動習慣的人，讓人覺得開朗、健康、有毅力；有閱讀習慣的人，就代表有終身學習的能力。

但學生們還是很困擾，因為他們根本沒有什麼值得記憶的美好閱讀經驗，深怕面試的老闆細問：那你喜歡讀什麼書啊？大塚老師於是決定，在高職班上推動晨讀。概念和做法都很簡單：每天早上十分鐘，持續一週不間斷，讓學生讀自己喜歡的書。一開始，為了吸引學生，她會找劇團朋友朗讀名家作品，每週一次介紹好的文學作家故事，引領學生逐漸進入閱讀的桃花源。

沒想到不間斷的晨讀發揮了神奇的效果：散漫喧鬧的學生安靜了下來，他們上課比以前更容易專心，考試的成績也大幅提升了。這樣的晨讀運動透過大塚老師的熱情，一傳十、十傳百，最後全日本有兩萬五千所學校全面推行。正式統計發現，近十年來日本中小學生平均閱讀的課外書本數逐年增加，各方一致歸功於大塚老師和「晨讀十分鐘」運動。

臺灣吹起晨讀風

二〇〇七年，《親子天下》出版了《晨讀10分鐘》一書，書中分享了韓國推動晨讀運動的高果效，以及七十八種晨讀推動策略。同一時間，天下雜誌國際閱讀論壇也邀請了大塚老師來臺灣演講、分享經驗，獲得極大的迴響。

受到晨讀運動感染的我，一廂情願的想到兒子的學校帶晨讀。選擇素材的過程中，卻發現適合十分鐘閱讀的文本並不好找。面對年紀越大的少年讀者，好文本的找尋愈加困難。對於剛開始進入晨讀，沒有長篇閱讀習慣的學生，的確需要一些短篇的散文或故事，讓少年讀者每一天閱讀都有盡興的成就感。而且這些短篇文字絕不能像教科書般無聊，也不能總是停留在淺薄的報紙新聞，才能讓這些新手讀者像上癮般養成習慣。如果幸運的遇到熱愛閱讀的老師和家長，一些有足夠深度的文本還能引起師生、親子之間，餘韻猶存的討論。

我的晨讀媽媽計畫並沒有成功，但這樣的經驗激發出【晨讀10分鐘】系列的企畫。在當今升學壓力下，許多中學生每天早上到學校，迎接他的是考不完的測驗卷。我們希望用晨讀打破中學早晨窒悶的考試氛圍。每日定時定量的閱讀，不僅是要讓學習力加分，更重要的是讓心靈茁壯、成長。在學校，晨讀就像在吃「學習的早餐」，為一天的學習熱身醒腦；在家裡，不一定是早晨，任何時段，每天不間斷、固定的家庭閱讀時間，也會為全家累積生命中最豐美的回憶。

第一個專為晨讀活動設計的系列

帶著這樣的心願，二〇一〇年，我們開創了【晨讀10分鐘】系列，邀請知名的作家、選編人，陸續推出：知名文學作家張曼娟老師選編《成長故事集》、文學大師廖玉蕙老師所主編的《幽默故事集》和《親情故事集》、兒童文學作家王文華老師選編《人物故事集》、鑽研少年小說的張子樟教授選編《文學大師短篇作品選》、音樂才子方文山先生選編《愛・情故事集》、文學評論和政論家楊照先生選編《世紀之聲演講文集》、《天下雜誌》群總編集長殷允芃女士選編《放眼天下勵志文選》、自然觀察旅遊作家劉克襄先生選編《挑戰極限探險故事》、閱讀專家柯華葳教授選編的《論情說理說明文選》、詩人楊佳嫻與鯨向海選編的《青春無敵早點詩：中學生新詩選》、閱讀專家鄭圓鈴教授主編的《閱讀素養一本通》、臺灣最熱血的大學教授葉丙成選編的《我的成功，我決定》、品學堂創辦人黃國珍選編的《你的獨特，我看見》，以及關心運動與社會議題的獨立媒體人黃哲斌選編的《運動故事集》，提供給中學生更豐富的閱讀素材。

二〇一九年，一〇八課綱正式上路，課程設計和評量都將以「素養」導向進行調整，將來的學生不僅要學習知能，更要為適應現在生活、面對未來挑戰，培養解決各種問題的能力。為此，我們推出了《世界和你想的不一樣》、《科學和你想的不一樣》二書，《世界和你想的不一樣》的選編人褚士瑩，長時間在國際參與NGO工作，帶回許多新穎、發人省思的議題；而《科學和你想的不一樣》的選編人「泛科學」，以生活化的題材解析艱澀的科學理論，選文不僅符合閱讀素養中強調的「跨領域」、「文本生活化」，更能在資訊超載的時代，為少年讀者提前預備「思辨」的能力。

延續「素養」的精神，這次我們特別邀請《閱讀理解》學習誌的編輯團隊，為兩本書量身設計《閱讀素養題本》。這也是【晨讀10分鐘】系列成立以來，首次嘗試題本的設計，用意不在於測試孩子讀懂多少，而是要用系統化的方式，帶領孩子理解文本，並融合自身經驗深入探究，才能真正達到吸收內化的目的。

推動晨讀的願景

在日本掀起晨讀奇蹟的大塚老師，在臺灣演講時分享：「對我來說，不管學生在哪個人生階段……，我都希望他們可以透過閱讀，讓心靈得到成長，不管遇到什麼情況，都能勇往直前，這就是我的晨讀運動，我的最終理想。」

這也是【晨讀10分鐘】這個系列出版的最終心願。

推薦文

晨讀十分鐘，改變孩子的一生

國立中央大學認知神經科學研究所教授　洪蘭

古人從經驗中得知「一日之計在於晨」，今人從實驗中得到同樣的結論，人在睡眠的第四個階段會分泌跟學習有關的神經傳導物質，如血清素（serotonin）和正腎上腺素（norepinephrine），當我們一覺睡到自然醒時，這些重要的神經傳導物質已經補充足了，學習的效果就會比較好。也就是說，早晨起來讀書是最有效的。

那麼為什麼只推「十分鐘」呢？因為閱讀是個習慣，不是本能，一個正常的孩子放在正常的環境裡，沒人教他說話，他會說話；一個正常的孩子放在正常的環境，沒人教他識字，他是文盲。對一個還沒有閱讀習慣的人來說，不能一次讀很多，會產生反效果。十分鐘很短，只有一個小時的六分之一而已，對小學生來說，是一個可以忍受的長度。所以趁孩子剛起床精神好時，讓他讀些有益身心的好書，開啟一天的學習。好的開始是成功的一半，從愉悅的晨間閱讀開始一天的學習之旅，到了晚上在床上親子閱讀，終止這個歷程，如此持之以恆，一定能引領孩子進入閱讀之門。

新加坡前總理李光耀先生看到閱讀的重要性，所以新加坡推０歲閱讀，孩子一生下來，政府就送兩本布做的書，從小養成他愛讀書的習慣。凡是習慣都必須被「養成」，需要持久的重複，晨讀雖然才短短十分鐘，卻可以透過重複做，養成孩子閱讀的習慣。這個習慣一旦養成後，一生受用不盡，因為閱讀是個工具，打開人類知識的門，當孩子從書中尋得他的典範之後，父母就不必擔心了，典範能讓他自動去模仿，就像拿到世界盃麵包大賽冠軍的吳寶春說：「我以世界冠軍為目標，所以現在做事就以世界冠軍為標準。冠軍現在應該在看書，不是看電視；冠軍現在應該在練習，不是睡覺……」，當孩子這樣立志時，他的人生已經走上了康莊大道，會成為一個有用的人。

晨讀十分鐘可以改變孩子的一生，讓我們一起努力推廣。

推薦文

隨著認知能力發展，青少年需要不一樣的讀物

國立中央大學學習與教學研究所教授　柯華葳

青少年要讀什麼？根據閱讀發展，一般青少年可以透過閱讀學習，讀兒童的圖畫書，讀成人的科普、言情小說，或是其他以他們為對象所寫的作品，他們什麼都可以讀。

從成長與需求來說，青少年生理上會轉變為大人，認知上同樣會轉變。明顯的行為表現在他們回嘴、不在乎和不屑的表情上。一些特徵如：為辯論而抬槓、驟下結論、堅持自己的權利、故意找麻煩以及誇張的言行。青少年行為與思考上的改變是因為認知上他們可以同時處理多件事務，形成假設思考，以符號進行抽象思考並隱藏情緒。這樣的發展使他們不再滿足於單一的答案。青少年自然會質疑成人提出的是非標準與價值觀。同時，他們也看不起類似兒童的思考與行為，取笑他人幼稚就是一例。

因此，青少年的讀物在內容、結構上需要複雜些，才能引起他們認知上的共鳴。他們可以閱讀

一篇呈現不同觀點的文章，或是針對同一議題以不同觀點寫的多篇文章。青少年不但可以讀不同論點的文章，還可以分析、綜合及批判所讀到的文章。

如前面所述，青少年什麼都可以讀，因為他們的認知發展能力，已經足以批判讀物。不過，為了吸引許多有能力卻沒興趣閱讀的青少年，親子天下邀請張曼娟、王文華、廖玉蕙三位關心閱讀的超人氣作家，為青少年學子編選了三本文集，包括成長故事、人物故事和幽默散文。書中所選作家都是最重要的作家，不讀他們的著作便顯得無知。所選人物則是一等一人物，不知道他們的事蹟，更是無知。至於幽默，非思考複雜的人，不容易掌握其中訣竅。幽默是透過轉注、假借甚至跨領域做暗喻。兒童知道什麼好笑，但不易理解幽默。青少年的認知能力提升，當可體會文中趣味。而成長和人物故事都涉及由不同角度來讀一個人或一段事蹟，此時青少年的分析與批判能力就派上用場了。

【中學生晨讀10分鐘】系列，還加入了「元氣早報」的設計，更能吸引中學生閱讀。這些文章不長，文字不深奧，但請讀者不要三兩下翻完，就覺得讀過了。建議大家養成一個習慣，慢慢讀，或許只需要三、五分鐘，然後，闔上書，安靜一下（心中默數一至三十），接著問自己：讀到什麼、作者想說什麼以及自己對作者有什麼想法。若是在班級進行晨讀，請老師也放下手邊工作和學生一同閱讀。讀完後，同樣先保持沉默，這十分鐘請儘量留給學生閱讀與交流。謝謝老師。

晨讀10分鐘系列 037

[中學生]晨讀10分鐘 啟蒙人生故事集

國家圖書館出版品預行編目(CIP)資料

晨讀10分鐘：啟蒙人生故事集/張曼娟等作;
何琦瑜選編. -- 第二版. -- 臺北市：親子天下,
2020.06
248面；14.8 × 21公分. --（晨讀10分鐘系列；
37）
ISBN 978-957-503-625-6（平裝）

863.55　　109007478

選編人｜何琦瑜
作者｜張曼娟、王文華、顏擇雅等

責任編輯｜周彥彤、李幼婷
封面設計＆內頁設計｜黃見郎

天下雜誌群創辦人｜殷允芃
董事長兼執行長｜何琦瑜
媒體暨產品事業群
總經理｜游玉雪
副總經理｜林彥傑
總編輯｜林欣靜　行銷總監｜林育菁
副總監｜李幼婷　版權主任｜何晨瑋、黃微真

出版者｜親子天下股份有限公司
地址｜台北市 104 建國北路一段 96 號 4 樓
電話｜（02）2509-2800　傳真｜（02）2509-2462
網址｜www.parenting.com.tw
讀者服務專線｜（02）2662-0332　週一～週五｜09:00~17:30
讀者服務傳真｜（02）2662-6048
客服信箱｜parenting@cw.com.tw
法律顧問｜台英國際商務法律事務所　羅明通律師
製版印刷｜中原造像股份有限公司
總經銷｜大和圖書有限公司　電話｜（02）8990-2588

出版日期｜2020年 7 月第二版第一次印行
2024年 9 月第二版第六次印行
定價｜320元
書號｜BKKCI014P
ISBN｜978-957-503-625-6（平裝）

訂購服務
親子天下Shopping｜shopping.parenting.com.tw
海外．大量訂購｜parenting@cw.com.tw
書香花園｜台北市建國北路二段6巷11號　電話（02）2506-1635
劃撥帳號｜50331356 親子天下股份有限公司

文／品學堂創辦人、《閱讀理解》學習誌總編輯　**黃國珍**

說的知識與能力，若缺乏正向合宜的態度來回應，就不會發生有效的學習。學生若在態度上害怕面對問題、沒自信解決問題，誤解學習只是擁有答案，而要求師長給予答案。離開學校進入生活與職涯場域，可能表現出無力探究問題和被動的態度，那麼我們何來競爭力？

如前面所言，給予知識與能力在教育體系中較容易理解，教學上也相對好掌握，「態度」本身雖不在知識系統內，但有了態度才有強大的內在力量去實踐學習。從實踐的過程中理解挑戰不是來自於外在，而是自己設定的目標，從運動比賽的輸贏理解這兩個結果都值得為自己的拼搏付出喝采。延伸這精神去面對生活中不同問題的挑戰，在失敗中理解成功的定義，在努力中決定自己的成功。這些關乎態度的養成，仰賴的是心智的啟蒙，而閱讀他人的生命故事，最能給年輕生命帶來啟發。這是此次品學堂《閱讀理解》學習誌與親子天下合作，重新為《晨讀 10 分鐘：啟蒙人生故事集》、《晨讀 10 分鐘：我的成功，我決定》與《晨讀 10 分鐘：運動故事集》這三本書規劃閱讀素養題本的目的。

給予下一代優質的學習內容，是品學堂與親子天下共同的目標。讓孩子擁有接軌未來的素養，發展個人並參與、回饋這世界，讓未來更美好，是我們共同的願景。期待透過雙方共同合作的《晨讀 10 分鐘：閱讀素養題本》系列，能帶給孩子閱讀的樂趣、發現的喜悅，並啟發積極正面的態度，以運動家的精神，面對學習與生活的挑戰，以態度決定你是誰。

我要裁剪自己的人生

問題一 〔統整解釋〕

(　　) 根據王陳彩霞自己的描述，除了裁縫之外，若有其他選項，哪一種職業可能會是當時的她較傾向的選擇？

❶ 導遊　❷ 木匠
❸ 商人　❹ 老師

問題二 〔省思評鑑〕

2008 年，麥爾坎．葛拉威爾（Malcolm Gladwell）在《異數》一書中引用心理學家安德斯．艾瑞克森（Anders Ericsson）的研究報告，提出廣為人知的「一萬小時法則」，指出：想要成為某個領域的專家，需要一萬個小時的練習。這個法則是否可以用來印證王陳彩霞的成長故事？請從文中舉證說明你的理由。

問題三 〔延伸思考〕

決定一個人學習成效的因素有哪些？其中最重要的是什麼？

那一夜，代班找回的音樂我

問題一 〔擷取訊息〕

(　　) 哪一件事是作者的「兩個我」連在一起的關鍵契機？

❶ 從小開始學習音樂　❷ 看到兄弟參與表演
❸ 大學只考上心理系　❹ 代班指揮合唱表演

問題二 〔省思評鑑〕

(　　) 本文主要講述呂紹嘉學習音樂的故事，其中，在「在聯考與音樂中自我對抗」與「那天晚上我知道我要做指揮」兩個大段落中，可以看到在差不多的篇幅中，前者敘述的時間跨度比較長、事件比較多，後者敘述的時間跨度比較短、事件也較簡單。請問這麼做能夠產生什麼效果？

❶ 避免讀者在閱讀時時序錯亂　❷ 以衝突誘發讀者進一步思考
❸ 突顯出故事中較重要的事件　❹ 強調事件彼此間的因果關係

問題三 〔延伸思考〕

作者說：「我想我有音樂感，有中心思想，大家覺得可以信賴我。」這裡的「中心思想」是什麼？為什麼有中心思想對作者的指揮工作有助益？

我的圓桌「五」士

問題一 〔統整解釋〕

(　　) 彭老師的肯定為什麼讓作者的學習有了進步？

❶ 作者發現自己的天賦而潛心學習
❷ 彭老師開始給予作者完整的指導
❸ 作者成為同學的詢問對象而學習
❹ 作者從此開竅，掌握學習的方法

問題二 〔省思評鑑〕

(　　) 這篇文章對下列哪一種情況的讀者最有幫助？

❶ 找不到學習方法，學習成績不佳的小昆
❷ 想創作但卻缺乏靈感，文思枯竭的小盈
❸ 功課很好卻因太驕傲而人緣不佳的小君
❹ 找不到人生方向，整天渾渾噩噩的小珍

問題三 〔延伸思考〕

作者在文中提出一個疑問：「彭老師為什麼會鼓勵一個根本沒在寫作文的學生呢？……為什麼他還要肯定我？給我這麼好評價呢？」你認為原因是什麼？或者，在作者的經歷中，原因是最重要的嗎？

請作答

孤獨孩子「玩」出大舞臺

問題一〔統整解釋〕

(　　) 根據本文，柴智屏能夠在電視圈闖出一片天的成功關鍵是什麼？

❶ 選擇喜歡做的事情，並且堅持不輟
❷ 踏出舒適圈，把不擅長的事變擅長
❸ 樂於分享，累積人脈就能事倍功半
❹ 向智慧的前輩學習，汲取有用經驗

問題二〔省思評鑑〕

(　　) 作者以何種形式讓讀者注意到文中指柴智屏會玩，並非意指遊手好閒的玩樂？

❶ 以上下引號標示　❷ 設計段落的標題
❸ 以擬人手法敘寫　❹ 藉大量對白突顯

問題三〔延伸思考〕

你發現了柴智屏是如何自己為自己尋找樂趣的嗎？

請作答

我，不做乖乖牌

問題一 〔統整解釋〕

（　　）根據本文，林之晨「不做乖乖牌」的意思為何？

❶ 不喜歡學校裡教的所有科目
❷ 不願意接受家庭的經濟幫助
❸ 不喜歡臺灣社會的交友方式
❹ 不願意服從社會的權力結構

問題二 〔省思評鑑〕

（　　）作者如何敘寫林之晨的人生經驗？

❶ 開門見山，直指影響主角思考想法的關鍵
❷ 以多元視角的敘述堆疊主角的面貌與特質
❸ 透過誇張的比喻，突顯主角異於常人之處
❹ 用對話體裁，忠實呈現主角的想法與態度

問題三 〔延伸思考〕

根據林之晨的觀點，兩人對一件事進行討論時，應該具有什麼態度、把握什麼原則，才是有意義的討論？

請作答

從廚師到律師

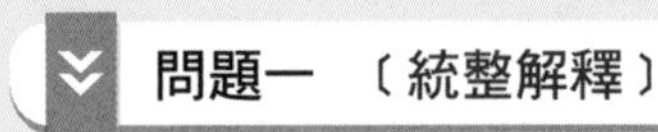

(　　) 蔡兆誠如何找到人生的目標？

❶ 參考高中其他同學的前例
❷ 嘗試不同工作，累積經驗
❸ 聽取餐廳二廚給予的意見
❹ 每天都去圖書館努力念書

問題二 〔統整解釋〕

(　　) 蔡兆誠對自己從對人生感到迷惘，到找到目標的這段經歷，有何想法？

❶ 人生沒有所謂最佳的選擇，生活的閱歷則是幫助你做選擇
❷ 專注的力量能幫助你聆聽心底的聲音，並找到人生的目標
❸ 人必須學會謙卑，才能把眼界變開闊，並看見未來的道路
❹ 讀書不會為人生帶來益處，實際於社會歷練才能學到真理

問題三 〔延伸思考〕

佛洛斯特之詩〈未走之路〉：「金黃的林裡有兩條岔路，可惜我無法沿著兩條小路行走。」揭示了很多時刻，我們必須做選擇。你會怎麼幫助自己做出選擇？做出選擇需要付出什麼代價？

那些無數個看戲的夜晚

問題一 〔擷取訊息〕

(　　) 李佩穎為什麼到西安學習傳統戲曲秦腔？

❶ 受學長姐邀請
❷ 追求自我突破
❸ 想跟偶像拜師
❹ 準備巡迴表演

問題二 〔擷取訊息〕

(　　) 表演時「出神」指的是什麼意思？

❶ 心不在焉
❷ 融入角色
❸ 仿效前輩
❹ 觀眾喝采

問題三 〔延伸思考〕

許多傳統文化或技藝隨時代變化而逐漸沒落甚至消失，我們為什麼要保留傳統文化或技藝？有哪些值得努力的方法？

請作答

從教室逃走的天才

問題一 〔統整解釋〕

(　) 為什麼作者認為「冰果室的一堂課」是他所受過最精采的教育？

❶ 同學對敏感議題進行辯論
❷ 可以接觸不同類型的天才
❸ 能找回他對大自然的喜愛
❹ 課程取材於生活沒有範圍

問題二 〔擷取訊息〕

(　) 作者認為老師能如何讓學生信服？

❶ 展現學科專業
❷ 有良好的品行
❸ 引發學習動機
❹ 對教學有熱情

問題三 〔延伸思考〕

作者在文章中提到，過去臺灣的中小學教育只能培養低層次的學生，不能培養高層次的學生。你認為什麼是「低層次的學生」？什麼是「高層次的學生」？兩者有何不同？

請作答

菜市場裡的流動盛宴

問題一 〔統整解釋〕

（ ）何者並非塑造沈芯菱價值觀的因素？

❶ 父母的身教言教
❷ 自幼生長的環境
❸ 閱讀得到的經驗
❹ 同齡朋友的影響

問題二 〔統整解釋〕

（ ）作者為什麼要提到生病國王的故事？

❶ 補充其童年所遇困難
❷ 暗示選擇工作的契機
❸ 說明本文的核心概念
❹ 回應前段的故事發展

問題三 〔延伸思考〕

在文中的故事裡，你認為醫生為什麼要讓國王去尋找快樂的人的鞋子？國王的病最後能治癒嗎？

請作答

乒乓球室的意外

問題一 〔擷取訊息〕

(　　) 本文標題的「意外」指的是哪一個事件？

❶ 作者翹課躲在乒乓球室
❷ 作者翹課卻被校長發現
❸ 校長和作者打起乒乓球
❹ 作者更加喜歡這所學校

問題二 〔統整解釋〕

(　　) 根據本文，作者希望師長在孩子犯錯的當下，應該如何處理？請選出合適的代號。（複選）

❶ 質問緣由
❷ 立即糾正
❸ 安靜陪伴
❹ 平常心對待
❺ 馬上尋找解決的方法
❻ 仔細評估再採取行動
❼ 順其自然，讓時間解決一切

問題三 〔延伸思考〕

作者在文中提到「允許孩子有自己的難處」，這個理念除了作為親子、師生間相處的依據，能夠應用在我們與「朋友」或「自己」的相處上嗎？具體會如何實踐？（提示：將「孩子」替換成「朋友」或「自己」）

感恩那「忘了帶湯匙」的人生

問題一 〔統整解釋〕

(　　) 在王顏和求學期間，時常因為家貧而遇到什麼困難？

❶ 自信心不足
❷ 缺乏學習資源
❸ 受到同儕排擠
❹ 父母反對升學

問題二 〔省思評鑑〕

(　　) 本文的寫作手法為何？

❶ 採取全知視角，描寫人物情緒轉變
❷ 舉出具體事例，扣合全文核心主旨
❸ 善用角色對白，刻劃人物鮮明性格
❹ 引用名言典故，加強本文寓意深度

問題三 〔延伸思考〕

根據本文，家貧為王顏和的生活帶來許多限制，為什麼他卻感恩自己「忘了帶湯匙」的人生？

請作答

拒絕棍子的青春

問題一〔統整解釋〕

(　　)在進入教會前，黃善華之所以感到挫折，是因為他以為個人價值應建立在何者之上？

❶ 勇於克服困難
❷ 學業表現優異
❸ 有強烈學習動機
❹ 具有正向影響力

問題二〔統整解釋〕

(　　)根據文中《聖經》對作者的啟發，與何者的教育理念相符？

❶ 馬斯洛：學習不能靠外鑠，只能靠內發
❷ 杜威：想要改變一個人，必先改變其環境
❸ 斯普朗格：只有在愛的溫度裡，教育才能成功
❹ 維高斯基：教育必須面向未來，不能只顧現在

問題三〔延伸思考〕

亞洲教育風氣多以升學主義為主，除了教育改革，我們還可以怎麼幫助適應不良的學生？

請作答

老爸的「發宵夜哲學」

問題一 〔統整解釋〕

（　）「我」在爸爸身上學到什麼處事的道理？

❶ 需有自知之明並努力改正性格的缺點
❷ 每次的失敗經驗都是為成功打下基礎
❸ 身為老闆應避免把自己擺在第一順位
❹ 誠信與否決定了企業在市場上的成敗

問題二 〔省思評鑑〕

（　）小蘭覺得本文無法讓讀者了解「我」效法爸爸的處世哲學的原因，請問在文中補充哪個訊息能夠回應小蘭的問題？

❶ 爸爸做事態度所形成的後續效果
❷ 爸爸對「我」的創業之路的評價
❸「我」自願離開家族事業的原因
❹ 其他家人對爸爸性格特質的看法

問題三 〔延伸思考〕

「把客人往前擺」和「培養奧客」之間該如何取得平衡？

請作答

為流浪漢放一場電影

問題一 〔擷取訊息〕

(　) 透過協助家人經營戲院，何者並非林玫伶培養的能力？

❶ 做事細心
❷ 高效多工
❸ 察言觀色
❹ 以退為進

問題二 〔省思評鑑〕

請比較本文「做人的良善與溫暖」中提到的事件，為什麼要從諸多事件中，特選「為流浪漢放一場電影」為標題，以突顯父親的溫暖？請根據本文提供的線索回答。

問題三 〔延伸思考〕

除了老戲院之外，還有哪些現在已經沒落，但是在過去卻是連結當地人情感的重要地點？它們共同的特色是什麼？被淘汰的理由又是什麼？

人生荒原中的嚮導

問題一〔統整解釋〕

（　）作者在文中特別描述自己從叛逆到努力學習的經歷具有什麼作用？

❶ 突顯老師對學生生涯發展的重要性
❷ 暗示電影故事改編自自己求學經歷
❸ 表示自己付出了很大的努力在改變
❹ 強調自己心境轉變花費的時間漫長

問題二〔統整解釋〕

（　）促使作者轉變，開始思考未來的原因為何？

❶ 未獲選入國家代表隊，必須另尋其他的出路
❷ 決定回應父母的期待，考慮大學就讀的科系
❸ 過去老師對她說的話，在心中開始慢慢發酵
❹ 對演戲開始產生興趣，思索如何踏入該行業

問題三〔統整解釋〕

（　）作者認為老師以「人對人」的態度對待學生可以產生什麼效果？

❶ 對學生言傳身教，傳達人人平等的觀念
❷ 消弭身分的差距，讓師生間相處更融洽
❸ 跳脫既有的框架，發掘出學生的可能性
❹ 傾聽學生的想法，讓教學符合學生期望

不放棄自己，
就不會有人放棄你

問題一〔擷取訊息〕

(　　) 作者進入復興劇藝實驗學校就讀的原因為何？

❶ 成績輸人一等而想另尋出路
❷ 家人期許作者發揮家族天賦
❸ 劇校出身較容易申請北藝大
❹ 熱愛翻筋斗視其為畢生志業

問題二〔統整解釋〕

(　　) 作者在補習班的經歷，反映了班主任的何種價值觀？

❶ 以金錢衡量成就的高低
❷ 後天努力比天賦更重要
❸ 萬般皆下品唯有讀書高
❹ 培養興趣發展斜槓職涯

問題三〔延伸思考〕

黃明正透過環島、拍片、成立劇場實踐夢想，你也有自己的夢想嗎？透過哪些行動和計畫可以幫助你達成理想呢？

跑道上的覺醒

問題一〔統整解釋〕

（　）作者認為當時自己放棄比賽的主要原因為何？

❶ 太過沒自信覺得跟不上領先選手的腳步
❷ 沒有抱持著正面想法激勵自己繼續努力
❸ 體能已經達到極限恐怕有生命上的危險
❹ 認為沒有機會拿下名次無須多消耗體力

問題二〔統整解釋〕

（　）比賽失利的結果為作者帶來什麼樣的改變？

❶ 從此放棄參與任何關於跑步的比賽
❷ 立志成為比賽常勝軍開始鍛鍊自己
❸ 改變做事情的態度再也不輕言放棄
❹ 決定以後參加比賽前都要好好練習

問題三〔統整解釋〕

（　）下咧哪句話最符合作者在文中提到的態度？

❶ 強中自有強中手，莫向人前滿自誇
❷ 舉世皆濁我獨清，眾人皆醉我獨醒
❸ 騏驥一躍，不能十步；駑馬十駕，功在不舍
❹ 博學之，審問之，慎思之，明辨之，篤行之

問題四〔延伸思考〕

作者認為「歷史不會告訴你答案」，你認同這個看法嗎？為什麼？

那六年，我窩在光華商場

問題一〔擷取訊息〕

(　　) 傳月庵擁有什麼「特異功能」？

❶ 對每本書都理解透澈，書的內容全部都背得滾瓜爛熟
❷ 對光華商場熟門熟路，知道每本書的販賣商店和位置
❸ 對書本價值瞭若指掌，可以直接點評每本書的優缺點
❹ 對知識的涉略範圍廣，各類型的冷僻知識都十分了解

問題二〔統整解釋〕

(　　) 下列何者不是閱讀帶給傅月庵的影響？

❶ 有一個暫時逃離挫折的空間
❷ 能夠分辨好書與壞書的差別
❸ 學習大量且種類眾多的知識
❹ 下定決心要將五專念到畢業

問題三〔省思評鑑〕

(　　) 第二段在本文中有什麼功能？

❶ 埋下故事伏筆
❷ 回應作者疑問
❸ 轉變敘事角度
❹ 開啟回憶段落

小書局裡的寬廣世界

問題一 〔擷取訊息〕

(　　) 為什麼作者小學的時候會被孤立？

❶ 家裡很窮
❷ 不愛說話
❸ 成績不好
❹ 討厭閱讀

問題二 〔統整解釋〕

(　　) 為什麼作者升上國中後開始拚命念書？

❶ 改正以前的錯誤
❷ 獲得父母的讚賞
❸ 取得豐厚獎學金
❹ 測試自己的假設

問題三 〔省思評鑑〕

(　　) 根據作者印象中的職業期許，下列何者不是作者最想幫助的對象？

❶ 土地被侵占的原住民　❷ 遭受虐待的高齡婦人
❸ 面對離婚官司的商人　❹ 販賣毒品的單親少年

那堂吱吱作響的作文課

問題一〔統整解釋〕

（　）本文作者以「那堂吱吱作響的國文課」為標題，其原因可能為何？

❶ 作者為第一次上牛排館的經歷而感到無比興奮
❷ 黎老師與作者每次課後詳談都在牛排館中進行
❸ 上牛排館是讓作者最印象深刻的一次課後詳談
❹ 牛排館的課後詳談使作者愛上了吃牛排與寫作

問題二〔省思評鑑〕

（　）作者在文章一開始特別提到他半工半讀的生活與對幸福的想像，其用意可能為何？

❶ 藉以批判得過且過、物質至上的觀念
❷ 與現況對比以突顯老師對作者的影響
❸ 反思社會上普遍對於幸福生活的定義
❹ 檢討夜校制度對學生生涯發展的限制

問題三〔延伸思考〕

為什麼黎老師在國文課上更改作文題目後，臉上會露出不信、不屑、不捨和不知所措的複雜表情？

24 歲，失落的愛情

問題一 〔統整解釋〕

(　) 作者二十四歲時失戀的「當頭棒喝」對他造成什麼影響？

❶ 放棄辛苦的觀光事業
❷ 更有遠見且腳踏實地
❸ 養成樂觀自主的性格
❹ 開始質疑愛情的意義

問題二 〔統整解釋〕

(　) 為什麼文中「被爸爸『騙』去讀觀光」中的「騙」要以引號標示？

❶ 強調作者對此事仍非常介意
❷ 表示爸爸並沒有要欺騙作者
❸ 暗示其同時也具有教育意義
❹ 反襯爸爸平時為人正直誠實

問題三 〔省思評鑑〕

(　) 小寬用「孟母三遷」來形容作者小時候全家搬到臺北的經歷，請問這樣的形容是否貼切？為什麼？

❶ 貼切；此次搬家奠定作者日後成就的基礎
❷ 貼切；父母為了作者的教育多次轉換環境
❸ 不貼切；新環境並不如預期般有益於學習
❹ 不貼切；學習的關鍵在於作者本身的態度

警察爸爸揭開知識大宇宙

問題一 〔統整解釋〕

(　　) 作者父親作為她學生時代的知識來源，其對作者的啟發主要體現在哪一方面？

❶ 引導作者閱讀並關注周遭世界
❷ 滿足作者對天文知識的求知欲
❸ 灌輸作者物理方面的基本知識
❹ 成為模範影響作者的職業選擇

問題二 〔擷取訊息〕

(　　) 為何作者小時候觀看阿姆斯壯登月轉播時感到錯愕？

❶ 多年來建立的天文知識瞬間被推翻
❷ 月球上的實況與童年想像落差太大
❸ 第一次對太空探險的艱鉅有所體會
❹ 人類成功登陸月球使作者難以置信

問題三 〔省思評鑑〕

(　　) 某專欄編輯轉載了本文，並加入了國中老師送他《居禮夫人傳》、畢業後結婚生子兼顧研究工作、成為太空科學研究所首任女所長等內容，其用意可能為何？

❶ 打破女性不擅長科學的刻板印象
❷ 指出天文學界更為適合女性發展
❸ 反映生育對女性工作帶來的困難
❹ 突顯作者所擁有的美好家庭生活

我的白色恐怖經驗

問題一〔統整解釋〕

(　　)請問內容中作者的父母是否知道級任老師對她所做的事？原因為何？

❶ 是，作者會與父母分享她的生活
❷ 是，作者在父母逼問下全盤托出
❸ 否，作者不是很在意教師的作為
❹ 否，作者判斷說出來也於事無補

問題二〔統整解釋〕

(　　)「我的卻正好幫我消除恐怖」，請問該句提到被消除的恐怖指的是什麼？

❶ 被警察私下盤問　❷ 受到教師性騷擾
❸ 無法與同儕互動　❹ 父母遭到了威脅

問題三〔統整解釋〕

(　　)請問本文的主旨為何？

❶ 調查白色恐怖受害者們的家世背景
❷ 介紹白色恐怖時期的警方偵訊手法
❸ 追溯白色恐怖如何與作者產生關聯
❹ 公開白色恐怖時期被隱藏的回憶錄

串聯「全球街舞」，重溫青春夢

問題一 〔擷取訊息〕

（　）〈Get Down〉串聯活動的初衷較可能希望激勵下列哪一種人？

❶ 因受傷無法繼續練舞的舞者們
❷ 面臨考試而焦慮不已的學生們
❸ 努力與病魔對抗的癌症患者們
❹ 出社會被生活澆熄熱情的人們

問題二 〔統整解釋〕

（　）根據文章內容，何者為林聖淵將興趣轉變成專業能力的方法？

❶ 報考相關研究所增進專業知能
❷ 秉持創新原則擺脫傳統的框架
❸ 積極把握所有訓練能力的機會
❹ 培養多元能力成為跨領域人才

問題三 〔省思評鑑〕

（　）文章中總共出現六個問句，這些問句能使文章達到什麼效果？

❶ 使文章每個段落的連接性更強
❷ 突顯提問者想強調的核心重點
❸ 讓讀者反思文章與生活的連結
❹ 使文章擺脫主觀呈現客觀事實

因為無知，所以充滿彈性

問題一〔擷取訊息〕

(　　)為什麼作者高中時要補素描？

❶ 受到同學影響
❷ 素描老師有名
❸ 對素描有興趣
❹ 想要考美術系

問題二〔統整解釋〕

(　　)請問哪一項不是作者享受及喜歡畫畫的原因？

❶ 可以胡亂作畫
❷ 沒有用色限制
❸ 有遠大企圖心
❹ 每天都有進度

問題三〔延伸思考〕

作者在文中提到了哪些無知帶來的好處？請問你贊同作者的觀點嗎？為什麼？

請作答

我人生的三道光：漫畫、電影、搖滾樂

問題一 〔統整解釋〕

(　　) 為什麼作者先稱自己沒有什麼學習經驗，後來又說不可能沒有什麼學習經驗？

❶ 他想要證明自己是好學不倦的人
❷ 作者忘記了自己有哪些學習經驗
❸ 擔心他的學習經驗不被讀者認可
❹ 分別指在學校和課外的學習經驗

問題二 〔擷取訊息〕

(　　) 為什麼作者一直會有「原來……我從來沒想過」的感覺？

❶ 想法受教科書限制
❷ 作者的智商不算高
❸ 他一直都自以為是
❹ 作者缺少了想像力

問題三 〔省思評鑑〕

(　　) 請問作者在文章中沒有使用哪一個修辭手法？

❶ 雙關　❷ 比喻
❸ 對比　❹ 轉化

帶我看見質樸的勇氣

問題一 〔統整解釋〕

(　　)標題中提到的「質樸的勇氣」是指什麼？

❶ 衝撞傳統，果敢創新
❷ 減少物欲，極簡生活
❸ 擇善固執，堅持個人的原則
❹ 同理他人，包容社會多樣性

問題二 〔省思評鑑〕

(　　)作者前六段說明自己的成長環境有什麼用意？

❶ 對比友人經驗，提倡回歸自然的教育
❷ 以個人親身經驗強調家庭教育的重要
❸ 說明經濟觀衝突是因為來自小康家庭
❹ 為作者日後希望到宜蘭定居埋下伏筆

問題三 〔延伸思考〕

作者提到：「宜蘭來的孩子看到更多真實的事情，他不得不去改造它」，你認為作者說的「真實的事情」指的是什麼？

故鄉的小吃，味蕾的啟蒙

問題一 〔統整解釋〕

(　　) 作者在文中舉出鱔魚意麵的例子，用意為何？

❶ 說明臺南小吃特色
❷ 說明臺南飲食文化
❸ 說明臺南人的性格
❹ 說明臺南食物標準

問題二 〔省思評鑑〕

(　　) 本文倒數第二段的寫作目的為何？

❶ 以對比的方式強調作者觀感
❷ 用不同例子暗示作者的心境
❸ 增強讀者對文章主題的印象
❹ 藉故事轉折達到反諷的效果

問題三 〔延伸思考〕

除了「飲食」之外，還有其他元素可以建構家鄉認同嗎？

父親的大自然學堂

問題一 〔統整解釋〕

(　　)請問這篇文章最可能收錄在雜誌的哪一個主題中？

❶ 回歸自然，找回健康
❷ 運動力，學習新處方
❸ 學習力，生活即教室
❹ 斷捨離，父母學放手

問題二 〔省思評鑑〕

(　　)以下是四位同學讀完這篇文章後的建議，下列哪一位同學發言錯誤？

❶ 鈞鈞：如果增加父子對白，父親的性格會更鮮明
❷ 蓉蓉：本文重點在父子情深，應該刪減最後兩段
❸ 妮妮：建議側寫父親的外貌動作，人物會更立體
❹ 宜宜：增加副標「在生活中學習」主旨會更明顯

問題三 〔延伸思考〕

作者的父親認為：「在認識危險的前提，還是可以嘗試」，你認同這樣的觀念嗎？請說說你的想法。

請作答

我的放牛班弟弟，我的人生導師

問題一 〔擷取訊息〕

（　）下列何者不是作者在求學過程中所抱持的心態？

❶ 國小：進入一流的學校
❷ 國中：追求卓越的成績
❸ 高中：加入有趣的社團
❹ 大學：發現興趣的重要

問題二 〔統整解釋〕

（　）下列何者與本文主要想傳達的理念相同？

❶ 小時了了，大未必佳
❷ 認識自己，發揮所長
❸ 教育應該要因材施教
❹ 見賢思齊，見不賢而內自省

問題三 〔省思評鑑〕

（　）作者在文章中並未使用何種敘事方式？

❶ 藉由人物對比，來得出核心價值
❷ 使用倒敘法，先點出故事的結局
❸ 裁剪數個事件突顯作者性格特色
❹ 埋藏伏筆，最後才點出本文重點

大學聯考考七回

問題一〔擷取訊息〕

(　)作者堅持考大學的關鍵為何？

❶ 受到鄰居考上大學的衝擊
❷ 高中受到電影作品的召喚
❸ 想要去探索世界的驅動力
❹ 希望接受專業的藝術訓練

問題二〔統整解釋〕

(　)為什麼作者認為楊老師的美術課很不一樣？

❶ 教學內容多元包含抽象派和寫實派
❷ 尊重學生個人藝術創作的教學方式
❸ 課程中介紹國外藝術館以拓展視野
❹ 楊老師手把手逐一修改學生的作品

問題三〔延伸思考〕

你認同作者不想成為社會上流人物的想法嗎？為什麼？

請作答

繞了一大圈，還是回到了想去的地方

問題一 〔擷取訊息〕

(　) 下列何者並不是作者在學畫的過程中曾經遭遇過的阻礙？

❶ 幼時沒受過繪畫訓練
❷ 父親不認同美術行業
❸ 志願選擇被父母限制
❹ 最高學歷無法被認定

問題二 〔統整解釋〕

(　) 作者為什麼要去英國就讀最貴的私校？

❶ 讓自己重拾對藝術的興趣
❷ 出國留學讓自己無路可退
❸ 期望自己能有更多的精進
❹ 家人終於肯定作者的才能

問題三 〔省思評鑑〕

(　) 本篇文章的結構有什麼特色？

❶ 藉由數個事件顯示出本篇文章主題
❷ 開頭先破題，再以自己的故事佐證
❸ 以時間做區隔，分為三個環節論述
❹ 透過反覆的問答，最後才得出結論

我要裁剪自己的人生

問題一 解答 ❷

根據文章內容，「我不善溝通，不喜歡跟顧客互動，喜歡靜靜研究一件東西，把材料雕成漂亮的產品，所以我選擇做衣服。」由此可知王陳彩霞較傾向專注雕琢一個物件，因此正解應為雕刻木材的「木匠」。而「導遊」、「商人」、「老師」都是需要和許多人接觸的職業。

問題二 請參考如下

（1）不行（2）理由如下：

甲、王陳彩霞說：「你多笨就要學多久。」可見天賦會決定學習的成效和最終的成就。

乙、王陳彩霞說：「我想，應該不是只能這樣慢慢磨，有什麼方法可以學得更好？」可見她認為時間不是決定學習結果的主要因素。

若要推論「一萬小時法則」是否可以用來印證作者的故事，讀者需要先找到文章中王陳彩霞對於學習與時間關聯性的想法。根據文章內容，作者提到：「我想，應該不是只能這樣慢慢磨，有什麼方法可以學得更好？」以及「你多笨就要學多久」，可推論她認為天賦才是決定學習時間長短的因素，且學習成效和時間長短並不成正比，找到對的方法才是關鍵。

問題三

請依據個人經驗作答。

那一夜，代班找回的音樂我

問題一　解答 ❸

根據本文敘述，「直到進大學，兩個『我』才逐漸連在一起。念臺大心理系並不是我的志願，只因為沒考上醫學院。但心理系有很包容的環境和朋友，是我的棲身之處。我的觸角伸出去參加各種音樂性社團，漸漸知道我要學音樂，但也知道要當鋼琴獨奏家為時已晚」。

問題二　解答 ❸

根據文中小標，本文能分為三個主要段落：前言、「在聯考與音樂中自我對抗」與「那天晚上我知道我要做指揮」。後兩者在敘事上，分別採用了略寫與焦點書寫的策略。在文學寫作中，重要的事件會被詳加描寫，透過該事件傳達本文的核心思想或情感。

問題三

請依據個人經驗作答。

我的圓桌「五」士

問題一　解答 ❸

根據本文敘述，彭老師的稱讚讓作者聲名鵲起，「既然作為一個奇葩，許多國文課的問題，同學都來問我了，我只好多花點時間把那些文言文弄明白。於是，也考出了從未有過的好成績。」

問題二　解答 ❶

作者透過兩個「教」的經驗：擔任同學的國文小老師、中國現代史考試前的準備，指出「教」對於「學習」的效果，能對應到「找不到學習方法的小昆」的問題。

問題三

請依據個人經驗作答。

孤獨孩子「玩」出大舞臺

問題一　解答 ❶

根據本文，柴智屏從小喜歡表演，無論是搞笑短劇或是演講、跳舞。到了大學更繼續學習戲劇。這些是她喜愛的事，也是一直持續做的事，而她認為這成為其生存專業的基礎。

問題二　解答 ❶

以前後文推論，文中的「玩」係指表演、演講等活動，這些是柴智屏投入心力的活動，但是以一般人對學生的期待來說，卻是一種「不務正業的玩樂」。作者使用上下引號標示「會玩」一詞，讓讀者多留意、細想「會玩」的含意。

問題三　參考答案：

她從生活經驗中（例如看電影、綜藝節目）發現自己喜歡表演，並從節目上獲得靈感，學著自己角色扮演、與同學朋友分享。

我，不做乖乖牌

問題一　解答 ❹

文中第一段末提到：「我厭惡以權力挾持他人的想法、行為。任何的企業組織，都有權力結構，所以，我沒有辦法在別人制定的遊戲規則下生存，我會想要顛覆權力。」接著談到學生時期受到權力者的霸凌經驗。從上述資訊可以推論出，林之晨「不做乖乖牌」的意思是「不願意服從社會的權力結構」。

問題二　解答 ❶

文章首段直接點出林之晨曾受到教育當權者的霸凌，因此厭惡以權力挾持他人的想法或行為，接著談論其過去的經驗。因此正確答案為選項（1）。

問題三

請依據個人經驗作答。

從廚師到律師

問題一　解答 ❷

根據文章第十段，作者提到幾個月的社會和工作經驗讓他的社會意識開始萌芽，查了資料後，他決定讀法律或社會系。因此答案為「嘗試不同工作，累積經驗」。

問題二　解答 ❶

作者在文章第十段提到，社會和工作經驗讓他確定了自己的目標。並在文末寫道，那段工作經驗讓他學習很多人生道理，但他永遠不會知道當廚師是否會更快樂，可以推測作者認為人生並沒有最佳選擇。

問題三

請依據個人經驗作答。

那些無數個看戲的夜晚

問題一　解答 ❷

第二段最後提到作者對自己產生質疑：「我是歌仔戲演員嗎？還能繼續演嗎？要如何突破？」接著在第三段提到她帶著困惑，申請雲門舞集的流浪者計畫到西安學習秦腔。從上述訊息可以得知出作者前往學習秦腔的原因應為「追求自我突破」。

問題二　解答 ❷

文末提到：「表演時融入角色的情緒、進入『出神』狀態，我也只有過兩次經驗」，可以得知「出神」的意思應與融入角色情緒有關，因此正確答案為選項（2）。

問題三

請依據個人經驗作答。

從教室逃走的天才

問題一　解答 ❹

根據文章內容，毛松霖老師每週一次會在冰果室與學生交談，而他的教材就是報紙，可以談政治、信仰、經濟、藝術等各種問題，從生活各處汲取材料，而這種教學方式與作者過去接觸的教育完全不同。

問題二　解答 ❸

根據文章內容，作者在遇到毛老師後，接觸到大量跨領域的知識，而毛老師獨特的教學方式，也讓作者將自己定位成異類的天才，重新引發學習動機。且文章最後一段亦提到：「我在大學教書這麼多年的觀察發現，只要學生服你，他就會有學習動力，他就會學得好」，可知作者認為如果一位老師能「引發學生的學習動機」，必能使學生信服。

問題三

請依據個人經驗作答。

菜市場裡的流動盛宴

問題一　解答 ❹

作者提到父母會買二手書唸給她聽，媽媽也會告訴她一些人生道理；她上小學前就會看報紙，也會自己看書；她童年在菜市場和夜市長大，那裡各式各樣的味道讓她覺得書裡面的小人物故事更真實。文中雖然提到作者曾羨慕同齡小孩擁有的物質，但那並沒有讓作者從此追求物質。因此答案為「同齡朋友的影響」。

問題二　解答 ❸

作者提到媽媽在她讀完該則故事後，告訴她外在的物質是短暫的，更重要是我們的內在，我們要接受自己在物質上的匱乏，但同時我們可能擁有他人沒有的東西，就如故事中的農夫雖然連鞋子也沒有，但他卻擁有真正的快樂。這讓作者學到了「知足」這個價值觀，也就是本文的核心概念。

問題三

請依據個人經驗作答。

乒乓球室的意外

問題一　解答 ❸

根據本文，作者因為難以面對離家的辛苦，蹺課躲到乒乓球室，而在乒乓球室遇見了校長。雖然四個選項都是作者經歷的事，但本文特別要強調在這個故事中，令她「意想不到，並且改變她人生態度的經歷」的事，而這件事正是校長不僅沒有責罵她翹課，反而陪她一起打球。

問題二　解答 ❸❹❻

根據本文末兩段，作者從乒乓球室的經歷中獲得啟發，了解與孩子相處與教育的方法。當孩子犯錯時，提供平和穩定的氣息，讓孩子在安全的環境中面對錯誤、處理問題。質問、糾正、馬上提出解決方案違背了提供平和、穩定氛圍的原則；「順其自然，讓時間解決一切」則太過消極，無助於孩子改過。

問題三

請依據個人經驗作答。

感恩那「忘了帶湯匙」的人生

問題一　解答 ❷

根據文本第二、三段，王顏和求學期間曾需要撿破爛換書本，也曾因為沒有錢上補習班，需要當小老師抵學雜費等，因此答案為選項（2）。

選項（1）：根據第五段：「我不太會自卑，包括我長得比別人矮，我接受自己，不會去羨慕別人」，可以得知王顏和未有自信心不足的問題。

選項（3）：根據第三段：「念建中時有天突然盲腸炎得開刀，同學們還捐錢替我湊醫藥費」，可以得知王顏和不僅沒有受同儕排擠，還受過他們不少的幫助。

問題二　解答 ❷

根據文本內容，作者多次舉出求學過程中的具體事例，例如撿破爛換書本，當小老師抵學雜費，考入北醫卻苦於經濟壓力，只得寄望於重考進入臺大醫院等，緊扣文本的主旨「那『忘了帶湯匙』的人生」，因此最符合的答案是選項（2）。

問題三

請依據個人經驗作答。

拒絕棍子的青春

問題一　解答 ❷

根據本文第四段，作者是因中學六年不學無術的空白歲月而感到挫折，可知當時他是以「學業表現」作為個人價值的判斷標準。而選項（1）、（4）未於文中提及，選項（3）則是進入教會後產生的價值觀。

問題二　解答 ❸

根據本文第七段，作者指出可作為避風港的健康家庭，將有助於孩子學習，與選項（3）的理念相符合。而選項（1）、（2）皆與本文無關，選項（4）則指教學時應協助激發學生潛能，並未提及與「愛」相關的概念。

問題三

請依據個人經驗作答。

老爸的「發宵夜哲學」

問題一　解答 ❸

根據文章「用款待客人的態度處世」段落，「我」謹記爸爸的處事態度，在創業的過程中，落實「顧客第一，同仁第二，股東第三」的經營理念。可見「我」從爸爸身上學到，身為老闆應避免把自己擺在第一順位的道理。

問題二　解答 ❶

根據本文，文中僅說明「我」學習到父親的處世哲學，並且落實於自己的創業過程，但是並沒有談及「我」為何要效法這種處世哲學的原因。若在文中補充說明「我」因為看到爸爸的做事態度，帶來什麼後續效果，於是受到父親的影響，決定效法這種處世哲學，即可以回應小蘭閱讀本文時的困惑。

選項（2）、（3）：兩者皆是在談論「我」的創業歷程，與「我」效法爸爸的處世哲學無關。

選項（4）：文章中提到爸爸性格急躁，可見其性格與其柔軟的處事態度較無關係，因此加入「其他家人對爸爸性格特質的看法」無法回應小蘭的困惑。

問題三

請依據個人經驗作答。

為流浪漢放一場電影

問題一　解答 ❹

選項（1）、（2）：林玫伶身為「戲院老闆女兒」，要做的事多而龐雜，例如：打掃、貼海報、賣票等，這些磨練讓她做事情變得較仔細，也訓練她能同時處理多而龐雜的工作。

選項（3）：林玫伶在國小、國中時就看了近一千兩百部的電影，電影經常透過演員僅幾秒的表情傳達訊息與情緒，加上當時電影必須經過新聞局審核剪片，因此培養出察言觀色的能力。

問題二

正確答出「為流浪漢放一場電影」具有獨特性

參考答案：

林玫伶的父親經營戲院時，總是「放水」讓小孩、學生看免費的電影，待人寬厚的性格甚至擴及到沒辦法買票入場的流浪漢。她的父親還在本該歇業的颱風天，為了這位「阿不掉」，不計較高價的電費，單獨為他播放電影。若在其他戲院，即使是普通人都極少能受到這樣的待遇。

在「做人的良善與溫暖」段落中，提到許多描述老戲院充滿人情味的例子，例如：沒有對號座、不清場、讓小孩免費看電影、開放學生「看尾戲仔」，這些都是鄉鎮級老戲院的「默契」，讓讀者感受到戲院老闆的良善與溫暖。接著林玫伶描述他們家有別於其他老戲院的獨特經驗，有一位流浪漢「阿不掉」經常來看電影，雖然總是沒辦法買票，父母也從不計較。甚至在戲院歇業的颱風天，父親沒有拒絕來看電影的阿不掉，僅僅為他一個人播放電影。

問題三

請依據個人經驗作答。

人生荒原中的嚮導

問題一 解答 ❶

王小棣播放電影《酷馬》給高中生觀賞，有感而發，回憶其求學經驗對自己生命的影響。她從對學習不抱任何興趣的「叛逆」學生，到自己主動學習考取大學的過程，轉變的關鍵是讓父親放棄替她轉學的「葉老師」。王小棣沒有強調自己的轉變是歸功於個人努力或是努力的時間有多長，而是回憶葉老師的出現，讓她慢慢累積一些想法，而這些想法最終促使她嘗試考取大學。

問題二 解答 ❸

作者在第十段提及老師說的「可惜了」，這句話在心中累積變成一個泡泡，讓她思考長大以後要做什麼。王小棣主動退出球隊，認真讀書考取文化大學戲劇系，與父母期待或籃球生涯受挫無關。

問題三 解答 ❸

根據「幫他看到可能性」段落，王小棣認為老師「一個人面對另外一個人」的態度對待學生，看見學生的可能性與特質，才能激發他的潛能。故正確答案為（3）。

不放棄自己，就不會有人放棄你

問題一 解答 ❷

根據本文第一段到第三段，作者從小便在畫畫、運動方面展現天賦，但學習成績也不差。十歲時在叔叔的介紹和爸媽的鼓勵之下，他便帶著好奇、害怕又疑惑的心情，進入「在教翻筋斗」的國立復興劇藝實驗學校就讀。

問題二　解答 ❶

根據段落「二十歲賺到大錢卻徬徨人生路」，作者在大學落榜後感到徬徨，進入補習班打工，補習班主任認為他的表演專長未來沒有發展性，是窮人才會去學的才藝，說服他把補習班經營當成事業。

問題三

請依據個人經驗作答。

跑道上的覺醒

問題一　解答 ❷

根據第六段，作者回憶放棄的那一刻滿腦子想的都是「我不行了！」要是當初想的是「沒關係」、「還可以」，就一定可以跑完，顯示作者認為其放棄的原因是沒有抱持正面想法激勵自己繼續努力。

問題二　解答 ❸

繼第六、七段作者描述未跑完路跑比賽的懊悔後，第八段提到「這件事情後來影響到我做事情的態度——即使失敗，也不想半途而廢。」第九段更延續第八段的論述，指出作者對往後拍攝電影有了最基本的堅持——完成它。

問題三　解答 ❸

從文章第四段到第九段可以看出作者未完成路跑的懊悔，以及作者隨之對人生態度的轉變——抱持正面、堅持到底的態度，與選項（3）最符合。

選項（1）：「強中自有強中手，莫向人前滿自誇」：儘管你是一個強者，可是一定還有比你更強的人，所以不要在別人面前驕傲自滿。

選項（2）：「舉世皆濁我獨清，眾人皆醉我獨醒」：大家都沉醉了，只有我獨自清醒著。比喻能分辨是非善惡，不隨俗浮沉。

選項（3）：「騏驥一躍，不能十步；駑馬十駕，功在不舍」：再好的駿馬，一躍也不過十步的距離；一匹劣馬若堅持走十天，也能走很遠。比喻才智平庸的人若能努力不懈，也能趕得上聰明的人。

選項（4）：「博學之，審問之，慎思之，明辨之，篤行之」：廣博的學習，詳細的請教，謹慎的思考，明白的辨別，誠篤的實行。

問題四

請依據個人經驗作答。

那六年，我窩在光華商場

問題一　解答 ❷

根據本文第四段，傅月庵熟悉光華商場每一間書店，所以他知道哪家店該怎麼走，能找出哪本書在哪家店。

問題二　解答 ❹

選項（1）：根據本文第十二段，傅月庵提及他人生不算順利，光華商場讓他有個逃脫的地方。

選項（2）、（3）：根據本文第七段，傅月庵讀了很多的書，而能夠分辨什麼是好書，什麼是不好的書，並吸收大量的知識。

選項（4）：本文第九段，傅月庵提到他因為身分證上有教育程度欄位，才會關心自己能不能從五專畢業。

問題三　解答 ❶

傅月庵認為窩在光華商場閱讀的經歷影響人生至深。而第二段他提到「人的機緣很難說對或錯」，暗示了他本來是因為考試失利而就讀臺北工專這件壞事，到後來可能對他來說是件好事。在此處埋下伏筆，讓讀者帶著好奇心閱讀接下來的故事。

小書局裡的寬廣世界

問題一　解答 ❷

本文第一段提到，作者小時候不會說國語，在學校時為了避免受罰而選擇不說話。第二段則提到「沉默、文靜的學生很容易被孤立、排擠」，且「沉默填滿了我在學校的日子，我在學校是疏離、孤單、沒人協助的」。由此可知作者小學時期在學校被孤立的原因為「不愛說話」。

問題二　解答 ❹

本文第四段中提到作者在學校中的觀察得知，老師只關注學業表現好的優勢學生，於是作者從國中開始便拚命念書，拿獎學金、當模範生。作者也在第五段中提到她努力念書的目的是為了測試一下她的假設，最後證明了在學校中「只要功課好，老師就會喜歡你、同學自動會來找你」，並對這種觀念加以嘲諷。

問題三 解答 ❸

根據本文，作者小時候求學經驗讓她對「身為弱勢者」有所體會，促成了她對不平等的憤怒與對弱勢者的關懷，並成為替沉默弱勢者發聲、爭取權益的律師。選項中土地被侵占的原住民、受虐待的老年人與販毒的單親少年都是社會上較為弱勢、需要幫助的群體，只有「面對離婚官司的商人」較不符合弱勢的範圍，因此可能不是作者最想幫助的對象。

那堂吱吱作響的作文課

問題一 解答 ❸

根據文章第三部分，作者提到了最讓他印象深刻的「課後詳談」是在牛排館，正是在牛排「吱吱作響」的餐廳裡，作者又上了一堂黎老師的課。

問題二 解答 ❷

全篇文章架構為：取得文憑以謀職、結婚生子的平實幸福想像→轉折：遇見黎老師並初試寫作→學、寫並進，確立寫作的基石。由首到末我們可以發現經由「貴人」黎老師的提點後，作者的現況打破了當年對未來的幸福想像，故選「與現況對比以突顯老師對作者的影響」。

問題三 參考答案：

從作者介紹黎老師的段落，可知新來的黎老師對教學有熱忱、對學生有所要求，與過去其他老師的態度與教學方法截然不同。而老師本來設計了「論縱囚論」的作文題目，但卻在學生的「哀號」下，尷尬的更改作文題目。同學的回應顯示他們對國文課的不重視、或是自暴自棄、缺乏信心而「認命」的心理。由此推測老師可能基於上述反應，對同學的消極產生失望、不甘的複雜情緒，而露出「不信、不屑、不捨和不知所措的複雜表情」。在這個過程中，老師可能面對了教學理想與現實之間極大的落差，濃縮在一個複雜的表情中。

24 歲，失落的愛情

問題一　解答 ❷

根據文章第十九、二十段，得知失戀的打擊讓作者重新反思自己的人生，他不但沒有放棄別人認為很辛苦的觀光事業，反而開始認真學習，對人生有更長遠的眼光、對自我有更扎實的要求。

問題二　解答 ❸

根據文章第十四段，得知觀光科的課程也包括數學、經濟、會計、統計等，不符合作者原本的期待，父親雖然將他「騙」入觀光科，可是作者在觀光科卻有不同的收穫，老師們豐富的閱歷讓他心嚮往之。因此作者特別以引號標示「騙」，暗示自己不全然是被騙的受害者，反而因為踏入觀光領域而打開生命的另外一扇窗。

問題三　解答 ❹

作者全家搬遷至臺北是因為父母覺得「當時鄉下受教育沒城裡面好」，然而作者表示「不願意念書的，走到哪兒都一樣」，可見他並沒有因為搬到臺北而發憤圖強、用功讀書，他認為學習的關鍵在於本身的態度。「孟母三遷」是指環境能影響一個人的教育，作者日後的成就基礎並非歸功於搬家一事，不符合其成長經歷。

警察爸爸揭開知識大宇宙

問題一　解答 ❶

根據文章第二到四段，得知父親會推薦作者閱讀很多好文章，也很關注國際新聞，甚至還帶著作者一起觀看登月的實況轉播，由此可知，父親對作者的啟發主要是「引導閱讀並關注周遭世界」。

選項（3）：從文章第六段得知，高三的物理課才為作者奠定物理方面的基本知識。

問題二 解答 ❷

根據文章第四段，得知作者小時候「相信嫦娥奔月、月亮上有小兔子」，因此發現月亮「一片荒涼，背後一片夜空」感到非常錯愕，她覺得「好像是一種童話和實際的對比」，正解應為（2）。

問題三 解答 ❶

編輯增加的內容為作者的婚姻狀況以及擔任女所長職務一事，而《居禮夫人傳》講述的是女科學家居禮夫人的故事，增加以上內容皆能更加突顯作者女性的身分，藉此讓讀者反思生活中相關的性別議題，包括女性在家庭與工作之間的衝突以及女性的職業選擇，因此「打破女性不擅長科學的刻板印象」是增加上述內容的用意。

我的白色恐怖經驗

問題一 解答 ❹

根據第七段，作者並未向父母反映性騷擾事件，原因在於她認為跟父母說也沒用，故應選（4）。

問題二 解答 ❷

根據第十二段，級任教師在疑似被舉報為匪諜後，未再騷擾女同學，作者所遭遇到蒐集情報的白色恐怖，反而促使教師的行為改變，故應選（2）。

問題三 解答 ❸

從第一段到十二段，作者以幼時被神祕人士訊問的事件作為開場，娓娓道出級任老師騷擾學生及其被密告的經過，到第十三段點出老師應是白色恐怖的受害者，最後以個人看待這段經歷的想法做結，主要內容為作者個人的故事以及這段生命經驗如何與白色恐怖產生關聯，故應選（3）。

串聯「全球街舞」，重溫青春夢

問題一　解答 ❹

根據本文第二段，〈Get Down〉此一活動「原來只是希望再一次喚醒畢業後被生活壓抑的生命熱情」，由此可知活動串聯一開始的對象應該是針對畢業後離開校園進入社會者，希望激勵「出社會被生活澆熄熱情的人們」。

問題二　解答 ❸

林聖淵從高中開始就自己找機會跳舞表演、參加別校的舞會，到大學時期參加熱舞社，在學長姐的指導下練舞，甚至遠至臺北學街舞，後來在考研究所準備期間開始在健身房教舞，漸入佳境，收入甚至超過工程師本業。林聖淵不斷的透過自身努力找尋機會，在舞蹈上不斷精進，由此可知他能將興趣轉變為賴以生存的事業能力的關鍵在於「積極把握所有訓練能力的機會」。

問題三　解答 ❷

本文中出現六個問句，分別問及〈Get Down〉活動的緣由、受訪者跳舞、教舞的經歷與感受、父母的看法與反應，以及未來目標。每個問句都簡潔扼要，從〈Get Down〉活動切入，引出作者從事舞蹈教學的心路歷程以及遇到的困難。這些問句切開各個段落的內容，統整段落大意，達到「突顯提問者想強調的核心重點」的效果。

因為無知，所以充滿彈性

問題一　解答 ❹

根據文章第二至四段，幾米在高二時才知道大學有美術系可以報考，還有專門補習美術系術科的補習班。他為了要考美術系，於是向藝壇大師李石樵先生學習素描。

問題二 解答 ❸

根據文章第八段：「不過我很享受畫畫，因為可以胡亂畫，也許因為沒有遠大的企圖心，沒有偉大的志向，我的性格太適合畫插畫了。我是快手，喜歡每天都有進度，畫畫會讓我覺得今天沒有浪費。以前畫插畫的時候，常常拉開抽屜看看剩下什麼顏色的顏料，就用什麼顏色畫。」可知選項（3）不是幾米享受畫畫的原因。

問題三

請依據個人經驗作答。

我人生的三道光：漫畫、電影、搖滾樂

問題一 解答 ❹

作者在文章第二段中提到自己沒什麼學習經驗，是基於其學歷很低；而他在第三段開始鋪陳的是他在課堂以外，透過漫畫、搖滾樂、電影等媒介所開展的視野，對他而言也是另一種迥異於學校教育的學習經驗。因此作者對於其學習經驗的敘述看似矛盾，但其意義在於分別出兩種學習經驗，並闡釋後者對他的影響。

問題二 解答 ❶

第七段中作者解釋他一直有上述感覺的原因時，提到每當他「以為這世界就像教科書上寫的那樣呆板的時候，就會有東西跳出來，幫我推開一扇窗。」由此可知作者是在接觸了與教科書上知識不同的事物後產生「原來……我從來沒想過」的感覺。

問題三　解答 ❸

作者在本文中使用了雙關語「windows」（窗口及微軟公司的作業系統雙重意義）來製造文章的趣味性。並使用其他修辭手法，如把自己比喻成海綿、向光植物，以及將文字擁有節奏感的轉化等手法。作者並未在文中提出具明顯差異的事物來進行對比。

帶我看見質樸的勇氣

問題一　解答 ❹

作者提到來自宜蘭的大學同學陳登欽，在一次與作者的吵架中，提醒作者要考慮他人的處境，讓作者認知到陳登欽有為他人著想的能力。作者認為這是鄉下小孩的質樸，能看到更多真實的事情，並進一步改造社會。因此答案為「同理他人，包容社會多樣性」。

問題二　解答 ❸

作者小時候常和父母出去玩，也不需要承擔經濟壓力，呼應作者在第九段提到的「我根本就是在一個小康之家長大」，因此忘了其他人的處境可能與自己不一樣。故答案為選項（3）。

問題三

請依據個人經驗作答。

故鄉的小吃，味蕾的啟蒙

問題一　解答 ❷

作者以鱔魚意麵的故事，說明臺南人對食物味道的堅持，只要口味與之前的不同，「嘴刁」的臺南人即會和店家反應，直到店家改善口味，由此可看出臺南的飲食文化。

問題二　解答 ❶

作者舉出北上讀書時，在臺北品嚐小吃的例子，無論是食物的呈現方式或是口味，都讓她不是很滿意，與臺南食物「新鮮的味道」形成強烈對比，藉此段說明臺南的食物無法與其他城市比擬。

問題三　參考答案：

提到「家鄉」，你會想到什麼呢？家鄉認同其實是一種精神的歸屬感，不只是本文所提及的飲食特色，在地的口音、童年記憶、景色或音樂歌謠等，都能夠建立人們與家鄉之間的羈絆，建構出人們對自己成長的這塊土地的認同感。

父親的大自然學堂

問題一　解答 ❸

讀者在回答此題前，須先釐清本文主旨為何。根據文章第二段：「讓我對於學習具備強烈的好奇心，是爸爸深刻的影響。」可知作者的學習態度從小受到父親的影響，再根據文章第三至五段亦可發現，作者均透過觀察日常生活來學習知識，因此正解應為選項（3）。

問題二　解答 ❷

本篇文章的主旨並非在強調父子情感，而是描述作者的學習方式如何受到父親的影響，以及帶來的改變，而文章最後兩段亦提到父親對他的影響，因此不建議刪除。

問題三

請依據個人經驗作答。

我的放牛班弟弟，我的人生導師

問題一　解答 ❸

選項（1）：作者在文中提及自己國小時就立志要考上北一女，甚至自己去找國一先修班報名。

選項（2）：根據文章第六段，作者在國中的一次考試中，認為自己沒有考好而懲罰自己，只為了讓自己記住不再犯錯。

選項（3）：根據文章第五段，作者在高中時仍認為成績很重要，參加社團也是為了申請學校。

選項（4）：作者的心態在大學時期開始產生轉變，她從弟弟身上發現興趣的重要性，也找到自己有興趣的領域。

問題二　解答 ❷

作者在弟弟身上看見「興趣」帶給一個人的轉變，同時她也在大學時期傾聽自己內心的聲音、發現自己喜歡的領域，並且決定投入這個領域。

問題三　解答 ❹

選項（1）：作者描述弟弟在個性、成績上和自己完全不同，形成強烈對比。後來她在弟弟身上發現興趣對一個人的影響，也是本篇文章傳達的核心價值。

選項（2）：作者在第二段就說明了自己最後的選擇——「興趣」，接著再敘述自己從小到大的轉變。

選項（3）：作者藉由數個事件來呈現自己的性格，例如「自己罰跪」呈現出她對自己的嚴苛、「自願轉學」突顯出其個性等。

選項（4）：文章第二段即說明了整篇文章的重點，也就是作者人生方向的選擇取決於興趣。故本文並無埋藏伏筆。

大學聯考考七回

問題一 解答 ❸

根據文章前七段：「我知道唯一要讓我的世界更開闊的方式，就是去上大學」，以及「高中的藝術啟蒙讓我知道，打開視野面對世界，就一定要去受教育，所以我一定要考上大學」，可見作者堅持考取大學的原因是內心想要探索世界的驅動力。

選項（2）：高中時期受到美術課的啟蒙、接觸到國外電影，是影響作者選擇藝術之路的原因。

問題二 解答 ❷

根據「楊老師不一樣的美術課」段落，得知楊老師不會修改學生的作品，而是解說作品的優點，並點出哪些地方可以更好，這樣的教學方式尊重每件作品的原創性，讓作者認為老師的美術課十分不同。

問題三

請依據個人經驗作答。

繞了一大圈，還是回到了想去的地方

問題一 解答 ❹

選項（1）：作者小時候沒有受過專業的美術訓練，因此在美術比賽上沒有突出的表現。考美術班的時候，也因為沒有學過畫圖而被他人取笑。

選項（2）：文中提及作者的父親認為念美術的小孩沒有出息，因此阻止他就讀復興美工，最後讓作者就讀普通高中。

選項（3）：文中提及作者的父母觀念較保守，即使作者已經甄試考上政治作戰學校美術系，卻不讓他去報到。重考時也限制他的志願選擇。

選項（4）：作者在金斯頓大學念完研究所後，期望自己的實力能夠更精進，因此再就讀第二個碩士研究所。

問題二　解答 ❸

「英國最貴的私校」指的是皇家藝術學院。作者從英國金斯頓大學平面設計研究所畢業時，仍認為自己改變不大。再加上參觀皇家藝術學院的畢業展後受到激勵，故期望能夠就讀皇家藝術學院，更精進自己的實力。

問題三　解答 ❶

作者提供自己的幾個小故事，包括發現自己對美術有興趣和天賦、小學時沒有受過繪畫訓練，因此比賽的成績沒有很突出、被父母阻止就讀美術相關科系等，說明自己即便在美術的路上遇到許多阻礙，最後還是投入這個自己喜愛的領域。

題目設計｜品學堂
責任編輯｜李幼婷　特約編輯｜廖之瑋　美術設計｜丘山　行銷企劃｜葉怡伶

天下雜誌群創辦人｜殷允芃　董事長兼執行長｜何琦瑜
媒體暨產品事業群
總經理｜游玉雪　副總經理｜林彥傑
總編輯｜林欣靜　行銷總監｜林育菁　副總監｜李幼婷　版權主任｜何晨瑋、黃微真
出版者｜親子天下股份有限公司　地址｜臺北市 104 建國北路一段 96 號 4 樓
電話｜（02）2509-2800　傳真｜（02）2509-2462　網址｜www.parenting.com.tw
讀者服務專線｜（02）2662-0332　週一～週五 09:00~17:30
讀者服務傳真｜（02）2662-6048　客服信箱｜parenting@cw.com.tw
法律顧問｜台英國際商務法律事務所 羅明通律師
製版印刷｜中原造像股份有限公司
總經銷｜大和圖書有限公司　電話（02）8990-2588
出版日期｜2020 年 7 月第一版第一次印行
2024 年 9 月第一版第六次印行
定價｜120 元　書號｜BKKCI015P

訂購服務
親子天下 Shopping｜shopping.parenting.com.tw
海外・大量訂購｜parenting@cw.com.tw
書香花園｜臺北市建國北路二段6巷11號　電話（02）2506-1635
劃撥帳號｜50331356 親子天下股份有限公司

note

note

note

優質文本 X 深度理解

從閱讀梳理思路，培養解決問題的學習力

《閱讀素養題本》每道提問均有清楚具體的評量目標，分為「擷取訊息」、「統整解釋」、「省思評鑑」，配合詳解，能幫助讀者辨識文本重要結構，充分了解文章意涵與背後假設，並結合自身經驗提出個人觀點。期待讀者透過題目的引導，更進一步的理解選文，有效提升閱讀素養與思考探究，從而獲得面對生活各種問題的關鍵能力！

題目設計團隊 **品學堂**

2013 年，品學堂《閱讀理解》學習誌創刊，全力投入閱讀評量與文本的研發；以國際閱讀教育趨勢與 PISA 閱讀素養為規範，團隊設計的每一篇文本與評量組合，即為一次完整的閱讀素養學習。為孩子與教學者，提供跨領域閱讀素養教學教材及線上、線下整合的學習評量系統。

為推動全面性的閱讀素養教育，品學堂也走向教學現場，與各級學校和教育主管單位合作，持續為教師提供閱讀教育增能研習，同時為學生開辦營隊。期望讓我們的下一代能閱讀生活、理解世界、創造未來。

BKKCI015P NT$120